『魔界の刻印』

巨大な——およそ三タールばかりもありそうな怪物が、兵士たちのあいだにそそりたっていた。（115ページ参照）

ハヤカワ文庫JA
〈JA677〉

グイン・サーガ81

魔界の刻印

栗本 薫

早川書房

4844

SINISTER SIGNS

by

Kaoru Kurimoto

2001

カバー／口絵／插絵

末弥　純

目次

第一話　幻の軍勢……………………………一一
第二話　駆　引……………………………八七
第三話　対　面……………………………一六五
第四話　竜王と豹頭王……………………二三九
あとがき……………………………………三一三

イリスの真夜中、新月の刻に、誰にも見られぬ北向きの室に入り、五芒星を床に発光する塗料で描く。そののちにその真ん中に立ち、あらかじめ調合した没薬三種を五芒の先端にそれぞれ垂らし、星のあわせめに香をたて、火をつける。そののち、五芒星のまんなかに獣脂ではないろうそくを銀の燭台にたてたものをおき、そこにあらたな没薬をしたたらせ、そして決められたルーンの聖句をとなえ続ける。やがて、空間がゆれ、《扉》が開く。ただしそのときに五芒星の外に出たら、その者は永遠に失われ、《何処でもない空間》を生でもなく死でもなくさまよいつづけることとなるだろう。

——ドール教団「暗黒祈禱書」より
「異次元をのぞく秘法」

〔中原周辺図〕

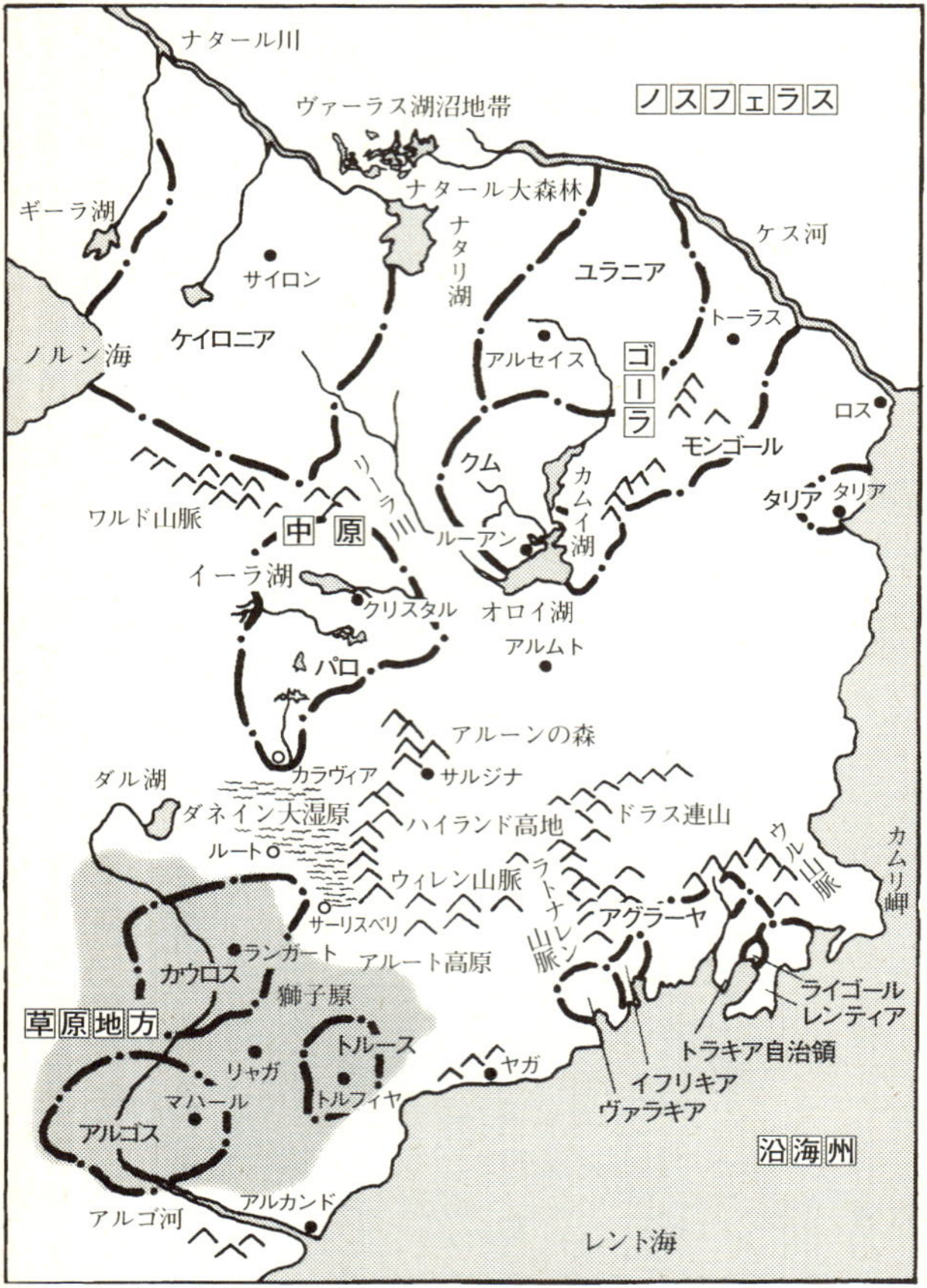
ナタール川
ヴァーラス湖沼地帯
ノスフェラス
ナタール大森林
ギーラ湖
ナタリ湖
ケス河
サイロン
ユラニア
トーラス
ケイロニア
ノルン海
アルセイス
ゴーラ
ロス
モンゴール
クム
カムイ湖
タリア
タリア
ワルド山脈
リーラ川
中原
ルーアン
イーラ湖
クリスタル
オロイ湖
アルムト
パロ
アルーンの森
カラヴィア
サルジナ
ダル湖
ダネイン大湿原
ハイランド高地
ドラス連山
ルート
ウル山脈
カムリ岬
ウィレン山脈
ラトナレン山脈
アグラーヤ
サーリスベリ
ランガート
アルート高原
カウロス
獅子原
ライゴール
レンティア
草原地方
トルース
トラキア自治領
リャガ
ヤガ
イフリキア
トルフィヤ
マハール
ヴァラキア
アルゴス
沿海州
アルカンド
アルゴ河
レント海

〔中原拡大図〕

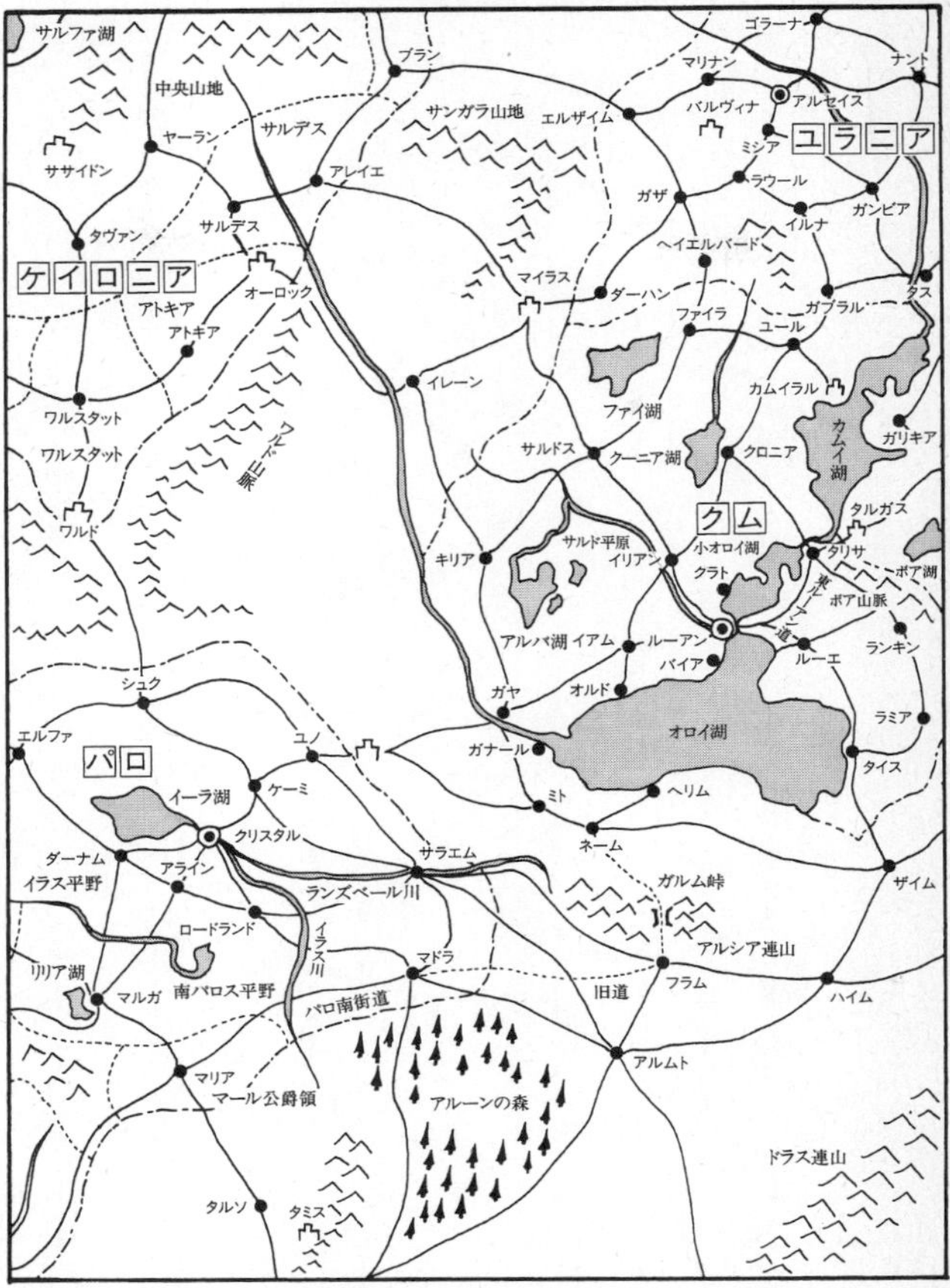
サルファ湖
中央山地
ササイドン
ヤーラン
サルデス
ブラン
サンガラ山地
アレイエ
サルデス
タヴァン
ケイロニア
オーロック
アトキア
アトキア
ワルスタット
ワルスタット
ワルド
ワルド山脈
ゴラーナ
マリナン
ナント
アルセイス
バルヴィナ
エルザイム
ユラニア
ミシア
ラウール
ガザ
イルナ
ガンビア
ヘイエルバード
マイラス
ダーハン
タス
ファイラ
ガブラル
ユール
イレーン
カムイラル
ファイ湖
カムイ湖
ガリキア
サルドス
クーニア湖
クロニア
クム
タルガス
サルド平原
イリアン
小オロイ湖
タリサ
キリア
クラト
ボア湖
東ルーアン道
ボア山脈
アルバ湖
イアム
ルーアン
ランキン
バイア
ルーエ
ガヤ
オルド
シュク
ラミア
オロイ湖
エルファ
ユノ
ガナール
パロ
タイス
イーラ湖
ケーミ
ヘリム
ミト
クリスタル
ネーム
ダーナム
サラエム
イラス平野
アライン
ザイム
ランズベール川
ガルム峠
ロードランド
イラス川
アルシア連山
マドラ
リリア湖
フラム
マルガ
南パロス平野
旧道
ハイム
パロ南街道
アルムト
マリア
マール公爵領
アルーンの森
ドラス連山
タルソ
タミス

魔界の刻印

登場人物

グイン……………………………………ケイロニア王
ガウス……………………………………《竜の歯部隊》隊長。准将
アルド・ナリス…………………………クリスタル大公
ヴァレリウス……………………………上級魔道師
ヨナ………………………………………王立学問所の教授
ギール……………………………………魔道師
イシュトヴァーン………………………ゴーラ王
マルコ……………………………………ゴーラの親衛隊隊長
レムス……………………………………パロ国王
ヤンダル・ゾッグ………………………キタイの竜王

第一話　幻の軍勢

1

国境のシュクの町にほど遠からぬ、南ワルドの深い山中――

そこに、いま、ふたたび、あやしい軍勢が集結し、イシュトヴァーン王ひきいるゴーラ遠征軍に襲いかかろうとしている――

その、知らせをうけて。

ゴーラ軍はいっせいに緊張した。

「陛下！」

副官のマルコはすでにかたときもイシュトヴァーンのかたわらをはなれぬ。つねにその左側によりそって、イシュトヴァーンの命令を伝令に伝え、またイシュトヴァーンを守り、イシュトヴァーンの相談相手――ときには、そのほとんどひとりごとのようなつぶやきの聞き手となるだけのほうが多かったかもしれないが――となって、文字通りの腹心として仕えている。

「うろたえるな、マルコ」

イシュトヴァーンは、落ち着いていた。

というよりも、このていどのことで、三万の軍勢の総大将たるおのれがうろたえていたら、部下たちが浮き足だってしまう、ということを充分に意識しているようすにみえる。

「どうせこの俺の軍あいてに大したことはできっこねえんだ。この俺がここにこうしているかぎり、俺をうち破れる武将なんか、この軍の倍ひきいてたってそうざらにゃいねえんだぞ。――まして、敵は……」

「いや、それは、そのとおりでございますが……」

マルコの心配は別のところにあった。イシュトヴァーンは、突然ゆくてにすがたをあらわした、何者とも知れぬあらての軍勢にたいして、「俺がじきじきに相手の手並みをみてやる」と断言したのだ。

「親衛隊とルアー騎士団の支度はまだか。紋章も旗もねえというからには、もしかしたらまたあのタルー軍のまねごとを、あのわけのわからねえ魔道師のじじいとかいうのが、仕掛けてこようってのかもしれねえ。今度という今度はその親玉をとっつかまえて、いったいどこのどいつがこの俺の行く手を邪魔してるのか、見届けてやろうってんだ」

「しかし、陛下、おんみずからはあまりに危険……」

「大丈夫だっていってんのがわからねえのか、心配性なやつだな」

イシュトヴァーンはせせら笑った。

「この俺にあたるへろへろ矢があるもんか。第一この山のなかに……南ワルドの山中に、いきなり、こないだの五千より多い一万にものぼる軍勢が突然出現するなんざ……あまりにもおかしなことが多すぎる。もしかしたら、またしても……」

魔道師が仕掛けてきた、眩惑の術によるまやかしかもしれぬではないか、と言いかけて、イシュトヴァーンはあやうく口をつぐんだ。

ゴーラ軍の中核をなすユラニアの兵士たちは、必ずしもパロ人ほどには迷信深くないにせよ、しかし草原やケイロニアの人間に比べればはるかに、古いユラニアの出身だけあって、そうした魔道やまやかし、あやかしに対するおそれや畏敬の気持は深い。偉大な魔道師が相手にいて、あやかしによるいくさを仕掛けてくる、などといえば、こちらにも同等の魔道師がいなくては戦えぬと、意気消沈してしまうかもしれぬ。とっさにイシュトヴァーンはそれをおそれたのだった。

(だが……)

同時に、だからこそもう、今度こそ、この二度にわたる襲撃のかげになにやら、魔道使いの黒幕でもがひそんでいるものならば、なんとしてでもそれを叩きつぶし――一気にさいごまで叩きつぶすのは不可能だとしても、とにかく相手の正体を見極めて、いったい何者がおのれの行軍の邪魔をしようとしているのか、それを確かめねばならぬ。

(この、勇猛をもってなる三万のゴーラ軍、しかもこの俺じきじきにひきいた――その俺の軍に、こんなサンガラだの南ワルドだののせまくるしい山のなかに、無理やり集めた五千や一万程度の手兵で奇襲をしかけてくるなど――およそ、理屈にあわねえんだ)

イシュトヴァーンは、見かけほどただの猪突猛進の猪武者なわけではないその頭の奥で、そのように考えめぐらしていた。

(本当に俺を叩きのめす気なら、こうした山の細道なんだから、兵をふたてにわけて前後を封じてしまえば……いかにこちらが数が多くとも、こんな足場の悪いところじゃあ、いちどきにかからせるわけにもゆかねえ――それは相手も同じことだが、だが、そうやってゆくても退路もふさがれちまったら、われわれは崖を飛び降りるか、あるいはなんとかして敵軍を突破するしか、ここから動く方法がなくなる――それは、若い未経験な兵の多いうちなどにとっては、特に混乱を招くだろうし……)

(だが、五千だの一万だのという、半端な数でこうして奇襲をかけてきて――それもタルーのときには、あっという間にひっこんでいっちまいやがった。そのあとタルーと知った俺が夢中になってタルーの行方を追っていって、あそこでゴーラ軍が足止めをくらうだろうということも――おそらく、敵の親玉、これを仕掛けたやつのほうはちゃんと計算にいれてたに違いねえ……）

（だとすると……こんどの一万も同じく……これは、このゴーラ遠征軍を叩きつぶそう、敗走させようっていうたくらみじゃねえ……それよりももっと……なんていうんだ？ 邪魔をして、足止めをくわせて……なかなかパロに足を踏み入れさせまいとするたくらみなんじゃあねえのか……）

その間に、敵はパロ内で何かしなくてはならぬことがあって、ゴーラ軍に邪魔されたくない、ということなのか、それとも、ゴーラ軍をこうして足止めしていて情勢がかわるまでおさえておこうということなのか。

いろいろにかんぐればいくらでも考えられるが、一番の可能性は、やはり、魔道師がからんでいるというからには、ふたつのパロのどちらかの政権が、ゴーラ軍のパロ国内侵入を遅らそうとたくらんでいる、ということだ。

（パロは魔道師の王国——レムス王のクリスタル政府も、ナリスさまのカレニア政府も、どちらにせよ魔道師の力をかりていくさを続けている……）

それは、新興のゴーラ王にはわからぬ世界だ。また、魔道師というものが、どのていど国家に忠誠を誓うのか、またどのていどの力をもつものか、それもわからない。

（だが……あの、ムースのいった話……）

イレーンの町の助役ムースが目撃したという、死体のようにみえた傭兵たちがよみがえった場面——それがいつまでもイシュトヴァーンの心のなかにひっかかっている。

(襲ってきたタルー軍の半分以上がもし、魔道によってあやつられている死体だったとしたら……今度だって……)

この一万の軍勢も、あるいは全部とはいわぬまでも、そのなかに巧妙にそうやって《水増し》されたゾンビーの兵を隠した、おそるべき魔道使いのあやつるワナにすぎない、という可能性もなくはない。いや、おおいにあるかもしれぬ。

(くそ……俺がこの目で確かめてやる)

「陛下ッ」

あまり、イシュトヴァーンが先頭にたっての出撃に気のすすまぬげなマルコが、報告にくる。

「親衛隊とルアー騎士団の出陣準備がととのいましたが……」

「よし。俺についてこい！」

「しかし……」

まだ、危険だ、と反対したげなマルコを押し切るようにして、イシュトヴァーンは馬上の人となった。

かぶとをかぶり、面頬をかちりとおろす。かぶとの下から背中のマントの上に垂れている長い黒髪だけが、遠くからでもこれがあの《災いを呼ぶ男》ゴーラの僭王そのひととわかる名高い特徴となっている。イシュトヴァーンは、馬腹を蹴った。

「出陣！」

伝令が次々ともたらした報告は、いずれも、あまりいい気持のしないものばかりであった。

「一万の軍勢――ぎりぎり近くまで斥候をはなってみても、旗指物、紋章などは見分けがつかず、いずれの軍勢であるのか、確言できぬままであります」

「このさきの峠の前後を中心に、山道に長い隊列となって、われわれの軍のゆくてをふさいだままです」

「特に戦闘用意をかためているとも見えませんが、先頭のほうには弓兵部隊がおり、そのうしろに歩兵隊が続いております」

狭い峠道では、騎士たちの馬はあまり役にたたない。

いや、むしろ、馬は邪魔になる。すれちがうことも、速度をあげてかけぬけることもできぬこのような山道では、馬はおりて、くつわをひきながらゆっくり通ってやるか、あるいはせいぜい、いちどきに一、二人づつ通ってゆくしかない。それもあまりにけわしいのぼり坂、下り坂となれば、馬が危険になる。騎士団を中心とした組成の軍勢をねらうには、この山地などは非常によいところだろう。

それでいて、サンガラの山中よりはやや山道も整備されており、道幅も多少広い部分もあるので、このあたりの地理やようすに馴れたものがいれば、あるていど速度をあげた行軍も可能だろう。また、山の上のほうに兵をふせておいて、ゆるやかな山腹をかけおりて奇襲をかけること、上から岩などを落として下をとおる軍勢をパニックに陥れること、も可能だろう。

（いやな場所を選びやがったな……たぶん、その分、あいてはこのあたりに土地勘があるんだ……）

イシュトヴァーンは親衛隊六百にまわりをかためさせ、ルアー騎士団の精鋭をうしろにしたがえ、さらに親衛隊の残りにしんがりをかためさせて、慎重に、峠にむかって軍をすすめながらなおも考えていた。

「おい、あの峠はなんという峠だと？」

「ムラン峠です。あれをこえれば、もうそのあとはパロ領内になります」

「峠をこえればパロ領内……」

ということは、謎の軍勢は、パロ国境の手前に網をはってイシュトヴァーン軍を待っていたということになる。

イシュトヴァーンは注意深く、峠の手前数モータッドのあたりでいったん兵をとめると、斥候と、そして伝令隊を出させ、伝令隊には白旗をもたせて、「そちらはどこの軍か。我々がゴーラ王遠征軍と知って峠を封鎖しているのか」という質問をさせるよう送り出した。そのいらえしだいではただちに切ってかかれるよう、先鋒をつとめる親衛隊にゆだんなく準備させたまま、じりじりと使者の帰りを待つ。が、使者たちは、かんばしくないようすですぐにもどってきた。

「あちらの軍は、峠の手前側に杭をたてめぐらして防衛線をはり、われわれを峠を突破させぬかまえを明らかにしております。杭を何重かにたてめぐらし、そのあいだには見張りの兵もおいておりませんので、そのさきへは近づけず、お使者の内容を相手方に伝えることも出来ませんでした」

問答無用、ということか。

あらかじめ、回り道については調べさせてあったが、ここを封鎖されれば当然その大回りの道を通るしかないことがわかっていれば、それを読んでそちらに兵をふせている確率は高くなる。回り道になっている旧道のほうが、この峠道よりさらに狭くて、馬はほとんど通れない。そこまで考えてここを封鎖してあるのだとすれば、もう、その敵意に疑いをもつこともできぬ。

(どうしたものか……ままよ。俺がぶつかってやれ)

とにもかくにも相手の正体と真意をちょっとでも知ることだ……イシュトヴァーンはそう思い決めた。

まだ、かなり、ぶきみな感じは残っていたが、また心配そうなマルコの反対をおしきって、さらに選び抜いた精鋭三十人のみにまわりを固めさせ、峠の手前一モータッドくらいのところに残りの軍勢をおいて、イシュトヴァーンはみずから、敵軍の見えるところまで出ていった。

(おお……なるほど、いやがるな……)

一万、というのは、斥候の告げてきたことばで、このせせこましい山道ではそうそういっぺんに数えられるものではないから、たぶん、山の上のほうから見下ろしての列の長さや感じでいっているにすぎないのだろう。

だが、確かに、先日のタルーの五千よりはかなりいそうな感じがする。こちらからのぼってゆけば峠は上になるから、全貌を見下ろすことはできないが、しかし、その峠から、ぐるぐると山はだをまくようにしてパロ側へ降りている山道にも、またそのあいだの林のなか、山腹にも、わらわらと大勢の兵士たちがわだかまっているのはここからでも見てとることができる。もっとも、木立のかげに見え隠れするよろいかぶとの輝きや、馬らしい色合いなどが主だから、やはりどこの国のどういう軍勢なのかはここからだとなかなか見分けがつきようもない。

(やっかいなところに、陣を張りやがったな……)

おのれの目で確かめにきてよかったとイシュトヴァーンは思った。

六歳のときから戦場かせぎで生きてきている自分である。傭兵としての経験もその年齢のわりにはうんと豊富だ。こまごまとした、戦争や、戦場や傭兵たちについての知識だけではなくて、イシュトヴァーンが自信があるのは、ことばにならぬ、「におい」とか「感じ」とか「直感的な空気」とか、そういったものだ。

それで感じてみても、あまり、この峠をかためている敵軍には、いますぐに襲いかかってくる、という殺気はない。といって、友好的な気配はまったくしないが、殺気というか、闘気といおうか、そうした、寄らば切るぞ、といったいまにも襲いかかってきそうな気配はまったく感じられない。

(なんというか……温度が低い……)

それも、むしろ、異様に低い、といってよかったかもしれない。ふつう、いくさに向かおうという軍勢がこれだけの人数、せまいところにひしめいていれば、かなりの活気や熱気が感じられるのが当然のはずだ。

(ふん、確かに……もしかして、こいつは魔道師がらみ、なにやらあやかしがらみだといわれても不思議はないかも……)

「陛下……」

「どうも、こいつは、におうぞ、マルコ」

敵軍は、イシュトヴァーンが、そのはなやかな目立つすがたをはりめぐらされた杭の向こうに思い切ってあらわしても、反応することを禁じられているのか、ぴくりとも騒ぐ気配をみせない。

確かに、その峠道を中心にして、とても大勢の軍勢がひたひたと詰めているのは目でもみえるし、気配もたちのぼっているのだが、しかし、じっと押さえられているかのように、歩哨の動きがあわただしくなることもないし、そこに杭のむこうに詰めている弓兵隊が行動をおこすようすもない。

イシュトヴァーンは無事に、矢一本いかけられることもなく後方に戻ってきた。

「におう……」

「ああ、そうだ。なんだかあの軍勢は……普通じゃねえ」

「と……いわれますと……」

「といっても……俺にも、どこがどうおかしいのかははっきりとは云えねえけどな。けど、俺は……これまでほんとにたくさんのいくさの経験をつみ、たくさんの敵を目の前にしてきた。……恐ろしくてもう逃げたいときもありゃあ、どれほど大勢でも恐るるに足らずと思ったこともあったさ。それぞれに、なんか感じるところがある……だが今度の軍勢はなんだか、普通じゃねえ。——何かが、変だ……」

「たとえば、そのう……あの、イレーンの町の助役が口にしておりましたような……」

「それも、あるかもしれねえ。——あれだけ近くにいってしげしげこの目で見てみても、どこかが特に普通じゃねえ、このあたりが化物だとか、生きてねえんじゃねえか、魔道であやつられた連中なんじゃねえか、なんていうはっきりした見分けはつかなかったし、証拠もなかったけどな。だが……なんかが普通じゃねえ。ウーム……なんていえばいいんだ？　妙ちくりん――ええ、そうじゃねえ……そうだ、不自然、だった」

「不自然……」

「そうだ。なんか、あれだけの軍勢が集まって、これからどうするつもりにせよ――こっちにおそいかかるつもりにせよ、足どめくらわすつもりにせよ、いずれにしてもちょっとはなんか、勢いというか、殺気だの、そういう何かがあるはずだよ。だがあいつらは妙にしんとしててしずかで――何もかわったことがねえってみたいに集まってやがる……ほら、あのムースがいってただろう。大勢集まってたのに妙に静かだった、ってな。あれと同じような気がする。きゃつらは……なんだか、不自然だ」

　おのれの思ったことをぴたりと言い表すことばを見いだして、イシュトヴァーンは満足げにくりかえした。

「そうだ、不自然なんだ。……あのしずかさも、それから、あの……そうだな、じっと待ってるようすも。もしも命じられて、あやしまれぬようじっとしてろといわれたら、それなりにもっと緊張がみなぎってるはずだ。だがそれもねえ……襲いかかろうとする殺気を隠してるんなら、もっともっとこっちにたいする警戒もあるだろう。それもねえ……といってくつろいでる、敵意がねえってわけじゃあもちろんない……つまりは、きやつらは……」

「きゃつらは……？」

「――まあいい」

イシュトヴァーンは肩をすくめた。

「ともかくこうしてるわけにはゆかねえ。夜まであとどのくらいだ？　まだ時間は多少あるな……夜になるのがちょっと何だな。それまでに、打つだけの手を打っておきてえ。マルコ、斥候班の残りを全部集めろ。さらに、親衛隊からも少し出す。――ここまできて、ゴーラ軍がたかが手だしもしようとしてねえ一万を前にひるんで後退したと云われたら面子がたたねえが、しかしこのままここにいるのもちょっとまずい。斥候班と親衛隊に、回り道を探させて、その道の上下左右、前後から何からきびしく調べさせて、兵がひそめてあるかどうか、その痕跡があるか、待ち伏せできるような場所があるか、旧道のまわりをありたけ詳しく調べてこい。大丈夫そうなら――半数旧道をまわらせてとにかくこの山ん中を出よう。ゴーラの兵は……特にユラニアの兵士は平野育ちの平野しか知らないやつらばかりだからな。山道での動きは知らねえだろう」

「それは、そうでありますが……」

「半分先まわりさせることができれば、きゃつらがここの峠で俺たちを通せんぼして何をたくらんでるのか……そのさきのようすを斥候にも出させられる。とにかくこのままじゃあ、動きがとれねえだろう」

「それは、まさに……」

マルコは考えこんだ。

「で……陛下はどちらにゆかれますので……その、旧道組に？　それとも……ここで……」

「もう一回、使者に、そこをどけ、という手紙は持ってゆかせてみる」

これまた考えこみながら、イシュトヴァーンはいった。

「もしもどかねばこっちから仕掛けるぞ、と脅してみるか……いや、だが、それが敵のねらいめだったら困るな。こっちから仕掛けるのを待っているんだとすると……」

「半数に減らしてしまってからではなおのことまずいですね……」

「気味の悪いやつらだ」

思わず、イシュトヴァーンはつぶやいた。

「まだ、タルー軍のほうが……しゃにむに襲いかかってくるほうが、かわいげがあるぜ。ああしてじーっと峠道を通せんぼして、山のなかにたむろしていて、何をしかけてくるとも知れねえ軍勢なんてものは……まるで幽霊に謎かけされてるみたいなもんで……たまったもんじゃねえな」

「人種もしかし、特定できませんね」

「ああ、いろいろ入り交じってるようだし……だが、あの杭のこちらから見たかぎりでは、けっこうパロ系のようにも見えるが」

「でしょうか？　私には、けっこうクム系も入っているように見えましたが」

「どちらにせよ、遠目だし、よろいかぶともみな、どこかのお仕着せじゃねえ、いろいろなところのがまじったやつだし、紋章もねえ……傭兵だとすると……」

「ええ……」

「ムースの話がどうも思い出されてならねえな。シュクの町も近いし」

「………」

タルーの残党をひきずりだして仲間とし、サンガラでイシュトヴァーン軍に襲いかかってきた軍勢の、大半はいつのまにかきれいさっぱり消え失せていたのだ。かなり殺したはずだったが、あとに残った死体を数えさせてもとうてい一千にもみたなかったから、本当に五千はいなかった、そう見せかけただけでじっさいには四千前後だったとしても、タルーの残党をさっぴいて、三千五百以上の人間がいずこへともなく消え失せたことになる。

それが、いまここにこうしてまた影のようにあらわれてきたのだとすれば——

「まるで、蜃気楼みたいなやつらだ……」

「何か、おっしゃいましたか、陛下」

「幻の軍隊か、とんでもねえなといったんだ」

「幻の軍隊……まったくです」

マルコはうす気味悪そうな顔をする。イシュトヴァーンはくちびるをかみしめてまた考えに沈んだ。

「だが、こっちはそう糧食の持ち合わせもねえ。山のなかでこうして通せんぼされてにらめっこしてられるのもせいぜいがあともって一日だ。本当はそんなにもしたくねえ。……とにかく、あっちから仕掛けてきてくれるんだったらそれなりに戦いようもあるんだが――」

まるで――

その、イシュトヴァーンの声が、きこえたか、としか思われなかった。

「敵襲ッ、敵襲ッ！」

ふいに、最前線にたててあった歩哨がすさまじい声で絶叫しながら駆け込んできたのだ。

「動きました！　敵軍は防衛線の杭を一気にとりのけ、こちらにむかって矢を射かけて参りました！」

「きたかッ」

むしろ、いささかほっとしてイシュトヴァーンは怒鳴った。動きがとれないこともさることながら、まったくようすの知れないその軍勢のぶきみさに、かなり堪忍袋の緒が切れかけていたところだったのだ。

「よーし、楯をそろえて矢をふせぎながら、親衛隊を前に出せ。マルコ、さっきのはとりやめだ。旧道まわりを斥候させるのは斥候班だけにしろ。だがこれはすぐにゆかせろ——そしてまわりこんでこの峠を通らずに下に降りられる道があるかどうか大至急調べてこさせせろ。それから、親衛隊とルアー騎士団、前へ。……面頬をおろし、矢をふせぎながら前進だ。——後続部隊にはさみうちを注意させつつ、援護させせろ。こちらからも矢を射かけさせるんだ。応戦するぞ！」

2

たちまち――

しずかな南ワルドの山中に、けたたましい戦いのひびきがまきおこった。

突兀としてけわしく、そして細いサンガラの山道よりもいくぶんなだらかで、山道としてはやや広いこのあたりの道だ。それに峠の頂上にはちょっとだけ、広くなった見晴台のような部分もある。だが、そうはいうものの山肌をまくようにしてあがっているまがりくねった道がところどころ広くなっているというのがこのへんの地形である。大勢の、馬をつれ、荷物をかかえた軍勢がぶつかりあうのにふさわしいような場所ではとうていない。

それゆえ、戦いといっても、平地や丘陵部でのぶつかりあいのように、多数の兵を次次とくりだし、動かしてゆくわけにはゆかなかった。イシュトヴァーンは一応、そうした山地での戦いについても知っていたし、経験もあったが、どちらの軍にとってもかなり勝手が違うのは間違いなかった。

こうしたところでは、馬をおりて、せまくるしい山道で白兵戦を演じるほかはない。片側が切り立った崖になっているところでは、ふみはずせば崖からまっさかさまだし、そうでなければ木立のなかに、ななめになっている山腹をかけ下って逃げ込むこともできるが、またそこもわさわさと立木がしげり、下生えがしげっている。見通しもわるければ、足場もよくない。

弓合戦はそれこそ敵意を表現するためだけ、相手を襲いかからせるためだけのように、一合二合ひきあっただけでただちにやみ、喚声をあげつつ突進する歩兵たちのぶつかりあいで、たちまちそのせまい峠道は死闘の場と化した。

マルコが驚いたのは、どのようなときでも、いくさとさえ見ればただちに剣をぬいて先頭きって突っ込む、としか思っていなかったイシュトヴァーンが、剣を抜くどころか、まるでごくあたりまえの世のつねの司令官のように、かなり、白兵戦のおこなわれているぶつかりあいの地点から遠い、だが見晴らしのよいところにわざわざしりぞいて、そこに仮の本営ふうのものをもうけさせ、そこに座ったきり動かないでじっと戦況の報告をきいているようすだったことだった。もっとも、戦況からちょっとでも目をはなすような様子はさらさらなく、もう一度かぶとをぬぎすてて、長い黒髪をうしろにたばねた秀麗な顔をさらしだした彼は、食い入るようにあたりの気配に耳をかたむけながら、じっと伝令と斥候を待ち続けていたのだが。

「俺が、出て戦わねえのが不思議か、マルコ。不思議なんだろう」

イシュトヴァーンは、マルコのいぶかしげな視線にとくに気づいていた。ニヤリと笑って、べつだんわるびれたようすもなく云う。

「俺は、嫌いなんだよ……こういうちまちました場所でのいくさはな。なんか、思うように剣もふりまわせねえし——やってても楽しくねえ。……だが、それにもまして、俺は、先鋒どもには申し訳ないが、きゃつらの正体をつきとめねえうちは、きゃつらと剣をまじえたくねえ、とさっき物見に出て思ったんだ」

「と、おおせられますと……」

「俺は、前に、グインと一緒にいるときに、魔道師があやつるゾンビーってやつに、ぶつかったことがあるんだよ」

イシュトヴァーンは思い出すように、ぞっとかすかに身をふるわせた。

「ぞっとしねえ経験だったぜ。……切っても血も出ねえし、平気でまたおそいかかってもくるし——グインはそうしたゾンビーどもだけからできた軍勢と、サルデスの森で戦ったことがあるんだという話をしてくれたことがある。あれは……あれは、どうにもならねえもんだ」

またイシュトヴァーンはぶるっと身をふるわせた。

「俺は……敵にうしろを見せるようなことはしたこともねえが、もしもあいつらが半数以上ゾンビーなんだとしたら……ちょっとばかり、あいつらにはさわりたくもねえな。あれは、よくねえ。なんというか、切れば切るほど、死にもしねえで、ボロボロのすがたになったままおそいかかってくる軍勢、なんていうものくらい、こっちの士気をそぐものはねえ。……白兵戦だからなかなかようすがわからねえが、一段落するまでにゃ、きゃつらがちゃんとゴーラ軍に切られるとくたばってるか、それともまたずたぼろの死体が襲いかかってくるかはわかるだろう。そいつを確かめて……もしもゾンビーがかなりひそんでいるようなら……」

「どうなさるんです」

「アレクサンドロスの最高の秘密の兵法ってやつさ。逃げるにしかずってやつだ」

「に、逃げ……」

「ああ、だから峠道を通らずにまわりこむ道を探させたんだ。こんな山の中で、いくら切っても死にもしねえ怪物をあいてに戦ってたりしたら、いかにこっちが相手の三倍もいようと、いや十倍いたところでおんなじだぜ。第一時間の無駄だろう。切っても切ってもかかってくるやつなんざあ」

「そんなことが……」

思わずマルコは船乗りの魔除けのことばをつぶやいた。そこへ、伝令が戦況報告にかけこんできた。

「敵方は、崩れたっております。……案外に弱いやつらで、わが親衛隊とルアー騎士団の第一大隊が切り込んだところ、もろくくずれたちました。……後方にむけて撤退しようとする前線の部隊と、うまく伝令がいってないのかもしれませんが、下がらない後方の部隊のあいだで、混乱が起こっているようであります」

「なんだと」

またイシュトヴァーンとマルコは思わず顔を見合わせた。

「どうなんだ。崩れたっているって……ワナってことはねえのか。きゃつらは切られるとちゃんと死んでいるんだろうな」

「は——はあッ？」

いぶかしげに、伝令が目をまるくする。イシュトヴァーンはもどかしげに、

「ちゃんと、きゃつらは、切ったら血が出る生身の人間なんだろうな、っていってんだ！」

「それはもう……間違いございませぬ。わたくしも目のまえで、何人も斬り倒されて倒れてゆくのを見てまいりましたので……」

「そのあと、起きあがってまたかかってくるようなことはなかったのだろうな」

「そ、そんなことはまったくございませんでした」

驚きながら伝令がいう。まだ、安心はできなかったが、イシュトヴァーンは、少しほ

っとしてマルコをみた。

「ゾンビーではないと思ってもいいのかな……」

「が、そのようすはどうもいただけませんね。覚悟の上で峠を固めていたんだとすると、ずいぶんと連係も悪ければ、それにそんな弱敵だとするといったい……何のために──」

「そのへんはこないだのタルー軍とまったく同じだが……」

イシュトヴァーンはつぶやいた。

「だが、こんどは逃がさねえぞ。こないだは、てんでんばらばらになられて山のなかに逃げ込んでしまわれたから、しょうもなかったが、今度は人数も多いし──よし、マルコ、ヤン・インのしんがりから二千、まわりこませて、ちょっとしんどいだろうが山の横腹を突っ切ってきゃつらのゆくてをふさぐようにまわりこませるよう命じろ。もうそのへんはほとんど道もねえ、馬はおいてけ、馬はこっちで面倒をみる。徒歩で強引に山腹を突っ切ってゆくてをふさぐんだ」

「わかりました」

マルコがただちに伝令班を呼び寄せているのを見ながら、イシュトヴァーンは立ち上がった。

「おい、小姓。親衛隊を五十、ただちに出陣用意だ」

「陛下！　どうされますので」

　伝令に命令をあたえ終えたマルコがあわててかけよってくる。

「ちょっと、様子を見てやる。この手で一人かふたり、切り倒して、甦ってくるような芸当をする相手かどうか見てやるよ。心配するな、俺はいままったく冷静だ。深追いするどころのさわぎじゃねえ。——できれば、俺はこういうわけのわからねえ相手にはあまりかかわりたくねえんだ」

「まったくで……私もお守りにご一緒しても——」

「お前は後方部隊にヤン・インの部隊の馬を回収させ、同時に斥候が戻ってきたらまわりこむ部隊の手はずをつけさせろ。俺がどうしたいのかはもうお前がわかっただろう」

「かしこまりました……お気をつけて」

「大丈夫だよ」

　イシュトヴァーンは剣をつかんで、かぶとをかぶり直すなり、飛び出していった。

　すでに峠の周辺は白兵戦にもかたがつきはじめているようだった。

　まさに、伝令の報告したとおり、きわめつけの弱敵であったとしかいいようがない。

　イシュトヴァーンが、馬も間に合わぬ乱戦の戦場を、散らばっている死体をふみこえるようにして戦場のもっとも混戦となっていたあたりの近くにかけつけてみると、そこに倒れているのはほとんどが敵の兵らしき、見覚えのないよろいかぶと、紋章も旗ももたぬ兵士の死体であった。ゴーラ軍にはほとんど死者は出ておらぬままに、峠の頂上を放棄して後退した敵軍を追って、親衛隊の勇士たちは峠をこえていったようだ。

すでにそのあたりはもう、残っているわずかばかりの敵を掃討している親衛隊とルアー騎士団の勇者たちがいるだけで、あとはるいるいたる死骸が山腹の切り株や木々のあいだにころがっているばかりだ。イシュトヴァーンは、まわりにゆだんなく気を配りながら、まずそっと、敵兵の死骸に近づき、そのようすを丹念に調べた。

(こいつ……何国人だろう。これはたぶん……パロだな)

何人か見てみたが、一番多いのがパロふうの顔つきの男で、次にクム、だがひとりかふたりは、もっと遠い国のものかと思ってもおかしくなさそうな、色の浅黒い傭兵らしい顔つきのものもまじっている。身につけているのはいかにもよせあつめふうの、いろいろな古戦場で使われてでもいたかのようなばらばらな様式のよろいやかぶとだ。かえって、これだけバラバラなものをそろえるほうが大変ではないかと思われるくらいだ。

「おい、待て!」

イシュトヴァーンは、さらに道を急ぎ足にさきにすすみ、峠の見晴らし場で、何人かでかたまって必死に抗戦している敵兵をとりかこんで片づけようとしているおのれの兵に声をかけた。

「あ! 陛下!」

若いゴーラ兵たちはあわてて剣をふりあげた手をとめる。

「そいつらを殺すな。ちょっと聞きたいことがある。——おい、お前たち、いのちはとらん。武器をすてろ、聞きたいことがあるんだ。降伏しろ」

「……………」

イシュトヴァーンの声をきいた刹那、であった。

ふいに「ヒャアアーッ！」とでもきこえる恐しい奇声をはりあげて、中のひとりが、ゴーラ兵にむかって突進した。

残るひとりはいきなり、崖にむかって突進し、身をおどらせた。とどめるひまもなかった。剣をふりあげて突進してきた敵兵を、反射的にゴーラ兵たちは剣をあげて防戦し、そのままはらいのけた剣があいての首を両断した。いきなり噴水のように血が噴き出す。

「あっ」

ゴーラ兵たちのほうが悲鳴をあげた。イシュトヴァーンは眉をよせた。

「おい……殺すな、一人でもそのままとらえるんだ。おい、きさまら、もう無駄な抵抗をやめて俺の質問に……」

がくり、と、ひとりが突然前のめりに倒れた。残るものはまたしても崖から身を躍らせた。下はふかい谷底である。恐しい絶叫をのこして落ちてゆく兵士を、ゴーラ兵たちは唖然として見下ろした。

もう、生き残っているものはいなかった。みんな、みずからいのちを断ってしまったのだ。

「なんてことだ」

イシュトヴァーンは怒鳴った。

「こいつら……生きてとらえられるより、てめえで死んじまったほうがいいってのか。なんてやつらだ」

剣をかまえたまま、まだあたたかい、前のめりになって突然倒れたやつの死骸に近づき、そっとのぞきこんでみる。その男はまだ若い、パロふうのすがたかたちの男だったが、その口もとから血が流れ出ていた。舌をかみきったらしかった。

「なんなんだ、これはいったい」

イシュトヴァーンはとまどいながらつぶやいた。が、指揮官たるおのれがとまどっているところを、若い部下たちには見せたくなかったので、きこえるような声は出さなかった。

「べつだん……どこも変わったところはない……生き返ってくるようすもねえ……」

イシュトヴァーンは、剣をふりあげて、いきなり、その死体に斬りつけてみた。思わずゴーラ兵たちが悲鳴をあげたが、かまいもせず、さんざんに斬りつけてずたずたに切り裂いた。死体は、そのまま起き直ってくるふうもなく、切りさいなまれるままになっ

ている。

「何をなさっておられるんです」

不安そうに、ゴーラ兵のひとりが、狂ったような声をあげた。

「もう、もう死んでおります。陛下！　陛下——！」

「あ？」

イシュトヴァーンは、おのれの行動が、さながら血に飢えた、ひたすら血をむさぼる狂人のわざと誤解されたことにやっと気づいた。にがにがしい顔で立ち上がり、血まみれの剣をふるって、死体のマントでぬぐい、鞘におさめる。もう、たたかいはかなり峠の下のほうに移動しているようだ。というよりも、ゴーラ軍が一方的に、このなぞめいた敵兵たちを殺戮しまくっているのだろう。

「伝令！　本営に伝えろ。俺はここで待ってるから、全員、追撃態勢に入れ。追撃だ、とな」

「か、かしこまりました」

恐ろしそうな目で、かえり血をあびて凄惨なようすにみえるイシュトヴァーンを見つめながら、あたふたと伝令はうなづき、本営のほうにむかってかけだしてゆく。イシュトヴァーンは、もう、兵士たちに誤解される危険をもあえておかすつもりになって、次次と、そこにころがっている敵兵の死体をのぞきこみ、とどめがさされているかどうか確かめ、何かを明らかにしてくれるものはないかとその懐中までもさぐった。

まわりにいるのは親衛隊とはいえ、イシュトヴァーンにこれほどちかぢかと接することのそれほどない若い兵士たちであった。かれらは異様な目で、そのイシュトヴァーンのすることを凝視している。イシュトヴァーンはどの死体にもまったく身元を明らかにするようなものがなかったので、失望の溜息をもらして身をおこした。

（ますますわからねえ……これがゾンビーだったらまだしもわけがわかったんだが……だがもしパロの、このあたりだからレムス軍の国境警備隊なんだとしたら、どうしてその紋章や旗を持ってねえのかがわからねえ。――だが、このようすは傭兵といっても、盗賊団とか、そっちのおたずね者系のやつらじゃねえ。このようすは……一応どこかちゃんとした指揮官に雇われてここに集まってた連中にしか思えねえんだが……）

「陛下！」

マルコが、とるものもとりあえず旗本隊と、そしてイシュトヴァーンの馬を連れて峠の頂上までかけつけてきた。イシュトヴァーンはなおも考えに沈みながらなかば上の空で馬上の人となった。もう、ここから先の下り坂は赤い街道となってレンガもしきつめてあるし、匂配に気をつけさえすれば、馬でおりてくこともできる。

イシュトヴァーンは、恐ろしげな目つきで、若い兵士たちに見つめられていることなどもう何の注意も払わなかった。おのれが殺人淫欲者である、という評判がいっそう強まってしまうかもしれないとも、気にしなかった。いまの彼はそれどころではなかったのだ。

「陛下、何かおわかりになりましたので……」

黙り込んで考えに沈んでしまったイシュトヴァーンを心配して、マルコがたずねる。イシュトヴァーンはうなづいた。

「ウーム、どうも、確かにゾンビーとは思えねえ。……だが、あの……とらえて身元や目的を聞き出そうとしたとたんの、あのあっぱれなくらいの自殺のしかたは、あれは——戦いぶりの貧相さとはどうも食い違うな。ますますおかしなやつらだ。どうもよくわからん」

「追撃、とのご命令でございましたが」

「このさい、もう、これに乗じてこの峠道から出てしまって、とにかく平地におりねえことには何もできん。かまわん、追撃してやれ。どちらにせよヤンの部隊が少し回り込んでるんだし、どこかにワナをしかけられてもそのときこそ、俺が剣をふるえばいいんだからな……」

またしても、イシュトヴァーンのことばは、思案のなかにしずんでかき消えた。

「はあ……」

マルコはいささか心もとなさそうだ。だが、伝令はためらわず命令を運んだので、ゴーラ軍はもう、そのへんにるいるいと重なり合う、えたいのしれぬ敵軍の死体には目をくれることもなく——もっとも進軍の邪魔になる分のものは容赦なく手足をつかんで崖から放り出して、そのまま進んでゆく。

峠を占拠していた敵軍は、すっかり峠を放棄して山の南すそへむかって退却していったとみえて、もうかなり山のすそのほうから、戦いの物音や叫び声がのぼってきた。イシュトヴァーンはもうそれほど急がせることもなく、ゴーラ軍の主力に峠をこえさせ、そのまま進んでゆかせた。

「まもなく、パロ国境をこえますが……」

マルコが心配げにいう。

「かまわん。パロ国境に入る」

このあたりにはまだ国境警備隊の砦も検問ももうけられてないようだ。あるいは、シュクの町を国境ラインとさだめて、そこまでは自由国境地帯のつながり、とみなされているのかもしれない。

敵軍のほうは、タルー軍の消えた軍勢のようにちりぢりになって山中に逃げ込むようなこともなく、けんめいに兵をまとめようとしながら、どんどん退却しつつある、という報告が、伝令からよせられていた。このままゆけば、さいごの山道をおりきったところで、道はゆるやかな丘陵となって、ふもとのシュクの北に入ってしまう。シュクまでくれば、もうクリスタルは目と鼻の先だ。

「あまりにクリスタルに早く近づきすぎるという気もいたしますが……」

マルコは心配していった。が、馬を急がせるともなく着々と歩ませながら、もうイシュトヴァーンは、何か気持が決まったかのように、一応落ち着いてみえた。

「陛下……」

「なあ、マルコ」

イシュトヴァーンの口辺に、奇妙な微笑がふとうかんでいる。

「は……？」

「なんだかなあ、おいでおいでをされてるみたいな気がしねえか？」

「は――はあッ？」

「いや、だから……どんどん、きゃつら、パロ領内にむけて逃げ込んでいってるが、まるで、俺たちについてこいといってるみてえじゃねえか？」

「そ、それはどういう……」

「わからねえ。そりゃ、まあまだわからねえほうが当然だが――なんとなく、もしかして、こいつはご招待なのかもなって気もしてきたのさ」

「ご招――待？」

「ああ、そうだ。だったら、まあ、それに乗ってみてやるのも悪くねえ。……どっちにせよ、こちらは、ひと暴れしてやろうという腹でここまで出ばってきてるんだ。……おい、マルコ、別働隊にもこっちとちゃんと連絡とれるようにしておくよう、伝令を出しておけ。くそ、面倒だな……いますぐ、あっちの指揮官にこの場で俺が話をできるような魔道のしかけでもあれば便利なんだが。その点だけは本当に、パロのやつらをうらやましいと思うがなあ」

「は、はあ……」

「とりあえず、別れていてもいつでもこっちの居場所については注意を払っておいて、いつでも合流するために針路をかえられるようにしておけ、っていうことだ。……いいな、いますぐそう伝えておけ」

「ヤン・インにでございますね。かしこまりました」

「まだ、どうなるかわからねえけどな。たぶん、きゃつら、シュクに入ったら……シュク圏内、ってことだがな……」

「シュクに入ったら……どうなりますので？」

思わずマルコは身をのりだしてきいた。イシュトヴァーンは首をふった。

「どうなるかは俺にも確かなことはわからねえが……とにかく追撃を続けるんだ。こんどこそ、きゃつらの手にのってやろう、ご招待されてやろうじゃねえか。たとえそれがドールの闇のなかへだってかまうこたあねえ。タルーのときといい、きゃつらの……か、きゃつの、か知らねえが、誰かさんの思い通りに動かされているのはもういいかげんウンザリだぜ。こっちから、仕掛けてやってやる」

「ど、どう……どこへ、何をしかけ……」

「いっぺんにいろいろきくな。だからそいつを、いまこれからじっくりと考えてるんじゃねえか」

　イシュトヴァーンは獰猛に歯をむいて笑った。ようやく、多少なりとも考えがまとまりつつあるようすであった。

「ゾンビーの軍勢でないとすりゃあ、もうだいたいようすは知れたってもんだ。……おい、シュクに入る前にひといくさあるかもしれねえからな。そのつもりでやつらをシメておけ。でねえと、こんな弱い敵を相手に戦争するためにわざわざイシュタールから出てきたのかって、うちの若い衆どもはすぐに相手をなめたり、がっくりきたりするからな。まったく血の気だけは多いやつらだからなあ」

「は、はあ……」

「心配いらねえよ、マルコ」

　イシュトヴァーンはマルコの心のうちを読みでもしたかのように笑った。

「俺にはだいたいのとこが見えてきた。とりあえずこのあす一日が山だな。そこをうまくきゃつらの手にのせられずに切り抜けられたら——その次の日には俺たちはもう、カレニア領内へ飛び込めるだろうぜ」

「カレニア！」

はっとなってマルコはおもてをひきしめる。

「ということは……陛下は、やはり、カレニア政府へ……」

「運命共同体だ、っていっただろう。俺がいまさら、そいつを裏切ると思うのか」

奇妙な微笑をうかべながらイシュトヴァーンはいう。マルコはなんとなく愕然としてそのイシュトヴァーンを見つめた。

「それはまた……」

「なんだ、お前は違うことを考えてたのか。俺があんな気色のわるいレムスの馬鹿にでも味方するとでも思っていたのか」

「いえ……」

それよりもさらに進んで、この機会に乗じてパロそのものをのっとるつもりではないのかとさえたいていのものがひそかに考えていたのだ。マルコは困ったようにおもてをふせた。

「俺は、俺を必要としてくれるところへゆくんだ」

イシュトヴァーンはいくぶん得意そうに云った。

「ナリスさまが俺の軍勢を必要としてるから、俺はカレニアへゆく、それだけのこったよ。……この変な敵軍についちゃ、もうあと一日できっちりかたをつけてやる。おお、シュクに入るまえにきゃつらの首根っ子をとっつかまえてやるぜ」

3

「なんだって」

ナリスは、ベッドの上にいくぶん身をおこし、珍しくも声をいくぶん荒くした。といっても、むろん、いまのナリスにできるかぎりのことでしかなかったから、ほかの人間からみたらまことにかぼそい声でしかなかっただろうが。

「グイン王が、レムスと会談？　それは、危険だ、ヴァレリウス。そんなことをして、もしも……」

「私も、そう申し上げたのです」

ヴァレリウスは、カレニア政府の現在の王宮となっている、マルガの離宮に戻ってきている。

「ベックのことを申し上げなかったのか。ばかな」

ナリスは、妙にひっそりと物思いにふけりがちになっていた最近では珍しいくらいの動揺を示して、その蒼白なおもてをさらに蒼白にした。もどかしさのあまり、ベッドの上から飛び降りたいようなようすであった。

「申し上げましした。それもむろん申し上げましたし、わたくしとしてはできうるかぎり、強くおとめしたつもりでございましたが……」

ヴァレリウスは困惑したようにくちびるをかむ。ヴァレリウスのななめ横に椅子をおいて、ナリスのベッドのかたわらにいたヨナが、不安そうにおもてをあげた。

「ケイロニア王は、われらにお味方下さるように見受けられたのですか、ヴァレリウスさま。だとしたら、ますます……」

「私は、グイン陛下のお気持ちはまったく、ほぼ十割我々の側にあったと確信している」

ヴァレリウスはますますくちびるをかみしめた。

「御自分がキタイにあってのさまざまな体験を詳しくお話下さったし、現在キタイにあって、竜王への反対勢力がのびてきている話までもきかせて下さった。——はっきりとは口に出されなかったが、グイン陛下のお気持ちは完全に、カレニア政府を支持される方向にあったと思ってまちがいない——と思うのだが……」

「でも、レムスと会って確かめる、と……」

ナリスは、もどかしさのあまり、真っ青になっていた。身を起こそうとあがくそのようすをみかねて、うしろからカイがそっと手をのばす。

「ナリスさま。ご無理をなさいますと、また……」

「ベックのことを忘れたのか。ベックがどうなってしまったのか……かれらがどうやってひとをとりこみ、あやつり、もとの人間ではなくしてしまうか、忘れてしまったのか。いや、それともご存じないのか。それよりも悪い……おのれだけはそのようなまやかしにはひっかからないと自信をもっているのか、だがいかに英雄とはいえ……グイン王は魔道師ではない……」

このところのいつにもなく、激しい語気で、たかぶってものをいったために、乏しい、というよりもなきに等しい体力を使い果たしてしまったように、ナリスはぐったりとクッションにもたれかかった。カイがすかさず差し出す、カラム水の吸呑みから、喉をうるおして、かすかに息をつく。

「私は……私は申し上げたのです」

想像以上にあるじの失望と不安の激しいのをみて、ヴァレリウスはにがにがしく云った。

「それこそ、アル・ジェニウスのおっしゃるのとほとんど同じように……ご無礼になりかねないところまで申し上げました……が、陛下は……」

グインは、ヴァレリウスのそのお節介を、よけいなこと——として強くふりはらったのだった。そのときのようすを、うまくつたえることばを探しあぐねて、ヴァレリウスはくちびるをまたきつくかみしめた。

「どう申し上げていいかわかりません。……陛下は、決して、その心配をわかっていないわけではない、とおっしゃっておられましたが……ただ、はっきりと、私の心配を一掃なさいました——誰よりもおのれがキタイについてはよくわかっている、と云われて……私は、もう、差し出がましいことも、それがいったいどれだけの効果があるのか、わからぬのも承知の上で、いっそ私をご同行下さらないか、あるいはイェライシャ導師をお連れ下さるわけにはゆかないかと申し上げまでしたのです。——まことに越権であり、よけいなことであるとは思いましたが、云わずにはいられなくて。——でも、グイン陛下は、まったく相手にされませんでした。……私としては、陛下にはちゃんとお考えがおありで……勝算もおありなのだと思っておくほかは……」

「せっかく——この世の奇跡が、最大の驚異が……私が長いあいだ、どれほど——その、おどろくべき存在がついに……ついに、手のとどくところまでやってきたというのに——」

ナリスは、また、カラム水で一息ついたのでやや力をとりもどしたかのように、激しくかよわい声をふりしぼった。

「私はくちおしい。——いっそ、もどかしい——気が狂ってしまいそうだよ、ヴァレリウス——もしもこのからださえ、こんなふうでなければ——何も、グインどのを……先にレムスに会ってその目で確かめる、などと云わせることもなく——なんとかして、なんとしてでもグインどののもとに直接私がかけつけ——とにかくお目にかかって——そうすれば何もかもがうまく……」

「ナリスさま。あまり、大きなお声を出されますと、おのどが、また」

心配してヨナがいう。カイがカラム水を差し出す。だが、珍しいほどにたかぶったナリスは、かれらのことばにも、しぐさにも、目もくれなかった。

「せめて——せめて、古代機械が近くにあれば——私が使える状態にあれば。ヨナもランも、私が指示さえすれば、あれをちゃんとひととおりは使いこなせるまでにはなっていたのだ。——あれがありさえすれば、私は——私は、たとえこんなからだだといったところで……このままここで手をこまねいては……」

言いかけて、あまりの興奮が胸をつまらせたように、苦しそうにせきこむのを、あわててカイが背中をさすり、カラム水を飲ませた。

「アル・ジェニウス。どうか、あまり、お気をたかぶらせず——おからだにさわりますから……」

ヴァレリウスは悲しそうに、ベッドのかたわらに寄って哀願した。

「そのお気持ちは誰よりもわたくしがよくわかっておりますから……必ず、グイン陛下とアル・ジェニウスをお引き合わせする方策をたててごらんにいれますから。なんと申しても、グイン陛下のほうも、はっきりと、アル・ジェニウスにお会いになるのが目的、といわれて、あちらから国境をこえるところまでおいで下さっているのです。サイロンとマルガとにへだてられていることを思えば……そしてこれまでのお互いの環境の遠さを思ったら、いまなど——距離もへだてる事情もあってなきがごときものとさえ……どうか、ただ、お焦りにならず——アル・ジェニウスは、大事のおからだなのでございますから。しかも、ようやく回復してこられたばかりの……」

「もどかしい」

あえぐように、ナリスはつぶやいた。

「なぜ、こんな……こんなに不自由なからだになってしまったのだろう。——いつも、云ってもせんかたないことを口にしてみなを苦しめるのをいとえばこそ……そのことはもう考えずにいたが、このたびばかりは……口惜しい、辛い——どのようにしてでもいい。この身がどうなってもよい……いますぐ、レムスと会ってグインどのがどうにかされてしまうのをはばみに——せめてその前に直接私がことばをかわせるように——私などどうなってもかまわぬから、私を……どこか、グインどのの指定される場所へなりと、連れていってもらうことはできないだろうか、ヴァレリウス？　そのためならいのちなど、どれほどちぢめてもかまわない……」

「アル・ジェニウス！」

ヴァレリウスの声が心ならずも激しくなった。

「何をおっしゃるのでございますか。そのようなことを、かりそめにも口になさってはーーナリスさま！」

ヴァレリウスは、たまりかねたように、ヨナとカイに目くばせした。

「アル・ジェニウスは……かなり、そのう、お気がたかぶっておいでになるようだ。ーーすまないが、私と……ナリスさま二人きりに……なんとか、説得して、お気をしずめるようにしなくてはおからだにさわるから……」

「はい」

ヨナは、ひとことしか云わずに、すっと立ち上がった。カイはちょっとためらったが、カラム水の銀の吸呑みをおくと、かるく会釈して立ち上がり、うしろのドアから出てゆく。ヨナは控えの間のほうへ出ていった。

ヴァレリウスはそれを見送って、ベッドのかたわらに膝をついた。

「ナリスさま。ーーどうぞ、お心を強く……大丈夫です。さぞかしご心配とは存じますが……グイン陛下のことは、私も気にかけております。よけいなことといわれてもーーイェライイシャ導師にご連絡をとり、ひそかに、この事情をお告げしてーーイェライイシャ導師ともあればもう、おそらくはすべてをご存じであるかもしれませんがーーそれとなく、陛下を守っていただけるよう、お願いしようと、帰る道すがら思っておりました。

それはかなり強力な援護になると思いますし、及ばずながらこちらからも魔道師をさしむけてそれとなく、陛下のご身辺を警護させようと思っております。むろん……相手の結界にこれほどあえて近づくからには、逆にうちがたの魔道師があちらに取り込まれ、例の《魔の胞子》を植え付けられてこちらに送り込まれるような逆効果にならぬとも限りませぬから、そのことはじゅうじゅう注意するつもりではおりますが。——しかし、豹頭王のお身の上については、私もありったけの力でお守りするつもりでおります。ご心配なさいますな——それに、あのかたは……」

「………」

「あのかたは、やはり、なみの人間ではございません。——このたび、あらためてお目にかかって、強くそう感じました。豹頭だから、というだけではない。あのかたの上には、まったくほかの人間とは比べることもできぬほどの大きななにかの力が宿っておられます。——それが何なのかはまだ、私ごときにはとうていわかりかねますが……でも、それだけは感じます。あのかたは、普通の人間ではない、普通の人間には決してできぬようなこともお出来になるし、普通の人間には決してないような運命をも背負っておいでになると思います。……大丈夫です。あのかたなら……何があっても——失礼ながらファーン殿下とは違います。ベック公は要するにごくふつうの人間でおいでになる。勇敢で、誠実で、忠誠な聡明なおかたであってもです。しかしグイン陛下は違います……

あのかたなら、もしかしたら、あるいは……」

「ヴァレリウス……」

ナリスは、苦しそうに手をあげて、ヴァレリウスのことばをとめた。

「お苦しいですか？　カラム水を、差し上げましょうか？」

「いや、いいよ……ヴァレリウス。私には……そんなことはわかっているよ……おまえが話してくれた、その会見のようすだけからでも――実にさまざまなものが伝わってきたし――それはますます私に、ケイロニアの――豹頭王グイン、という人物への狂おしいまでの興味とあこがれを――そう、あこがれをかきたてた……たぶん、そうだね――私もそう思う。あの人なら、あの人だけが……もしかしたら、キタイの竜王のワナなど、歯牙にもかけぬかもしれない。いや、かりにそれで窮地に陥ったとしても、危機にあったとしても、それを切り抜け……なんとしてでも、ヤーンのご加護をもあわせて、それを逆におのれの力とし、正しい道へとものごとを……おしすすめるきっかけにするにちがいない――あの人はきっとそういう人なのだ。まだまみえたことはないが――私はそう――想像している。違うか？」

「それはもう、まさに私の感じたとおりですが……ナリスさま。なんだか、ひどく――お疲れになっておられるようです。もう、おやすみにならないと……」

「私は――私は、おまえをねたんでいるんだよ、ヴァレリウス」

かすかに笑って、つぶやくと、ナリスはようやくぐったりと背中にかったクッションに身をしずめた。

「わ、私をねたん……」

「お前は……私のもうできなくなったことばかり——まるで私の身代わりのように——ノスフェラスの地へおもむき……伝説の大魔道師たちに面会し——その知己を得——しかも、私の究極の——さいごの夢ともいうべき、グイン王とも——先に会って……おまえがねたましいよ、ヴァレリウス。私はお前になりたかった——せめてお前の目になって……お前の見たもの、お前の経験したものを、見、経験したかった……」

「ナリスさま……」

「このようなからだになったことも——すべては運命のなせるわざだし、それにもまして、それによって——ものごとがこうなっていったのだから——これはむしろ、そうならねばならぬところだったのだろうと……おのれを得心させてきたけれども——」

ナリスは苦しそうに、その無力な手をうちふった。

「このところ——お前があちこち奔走してくれているあいだに、私は——ずいぶんといろいろまた考えをかえて——とにかく、できうるかぎり、なんとしてでも——出来るところまででいいから、からだを少しでも動くようにしよう——もとに戻そうというような無駄な夢は見ないまでも、なんとしてでも多少は役に立つほうへもってゆこうと……

せっせと……モース医師《せんせい》のいわれるとおりに、からだの回復につとめ——気持悪くなってもちゃんとものを食べ、栄養をとって、少しづつでもからだを動かすようにと必死にやっていたのだけれども——モース先生には、遅すぎたとは申し上げませんが、なぜもっと早くそのお心になって下さらなかったか、それだったらどれほどききめが早かったかとさんざん叱られてしまったけれどね……」

「ナリスさま……」

「でも、それでも——私なりに必死に少しでも……前進しようとつとめて、それによってお前へのねたましさも、おのれへのもどかしさも、事態への焦慮も——気の狂いそうな、叫びだしてしまいそうなもろもろの状況への煩悶も忘れようとつとめていたのだが……」

「それは……それは、しかし、本当に……」

「黙って、ヴァレリウス——私は、だから……そうしなくてはいけないと思っているよ。いっときはもう、なんだか、この世のことはすべて夢ではないか、そう思えてきて——あの、佯死からよみがえったあとね……なんだか何もかも、まるで長い夢だったのか、私がこうなる前のあの宮廷のことどもも……リンダをめとったことも……戦乱の日々も——何もかも、ただの夢の一部ではなかったのかと……そうして、もう、おのれが起きて、醒めているのか、それとも眠って、まだ別の夢を、醒めたと思いながら、夢から覚めたという別の夢をみているだけなのかとも思えて……ひたすらうつらうつらとしていたものだけれども……」

「……」

「お前にならわかるだろうか、ヴァレリウス——いまの私にはもう、すべては夢——そのようにしか、思われなくて……そのままなんだか、ふっと夢のつづきの底に入っていってしまいそうだった……もう、お前でさえ、私をつなぎとめる役をはたすことはできなくて。……もう、あの世とこの世、夢の世とうつつの世の違いなど、何もないような気がして……その私をつなぎとめていたのは……」

「はい……」

「さいごにつなぎとめていたのは、というより……まるでふっと夢から覚めた、こんどこそ本当に夢からさめたような心持ちにさせてくれたのが——グインだったのだよ、ヴァレリウス」

「ナリスさま……」

「なんだか、本当に存在する人間とはとても思えないままできた……話にはきいて、どれほど好奇心をそそられ、どれほど会ってみたい、この目で見たいと思っていたかわからないが——それでも心のどこかでは、信じていなかった……信じていない、というよりも、本当にそんなことなど、ありっこない、あるはずがないと思って……」

「ナリスさま。お疲れになります……」

「でも彼は本当に存在していた。本当に存在して……それだけではない。中原を大きく動かす、まるで運命神ヤーンの使徒のような存在として……ケイロニアをついに支配し……中原をゆりうごかし……そして——ここまでやってきた……つい、手をのばせばとどきそうな——ワルスタットまで」

ナリスはいくぶん苦しそうに肩で息をしていたが、そのたかぶりはまだ去ったようでもなかった。その頬にはようやくかすかな赤みがさし、目の輝きはこのところにはまったく見られなかった明るい、生き生きとした光となっていた。ヴァレリウスは激しく懸念しながらも、そのナリスのようすをみると、しいておしとどめて、またこの日頃の憂悶のなかにとじこめることもはばかられた。

「このマルガから——ほんの十日ばかりゆけば到着できる、ワルスタットに豹頭王グインがいる！——その考えが、どんなに私をたかぶらせるか……もうつい手のとどくところにいる、いますぐにでもかけていって——この目でみたい……お前にまかせたりなどせず、最初の使者として私がゆきたかったくらいにも……むろんたとえからだがこうでなかったとしたって、そんなわけにはゆかない、ということは私は知っているけれども……」

「ナリスさま……」

「ヴァレリウス」

ふいに、ナリスの声の調子がかわったのに気づいて、ヴァレリウスは、懸念におろおろしていた目をあげた。ナリスは、黒い、あやしい、それだけは少しも以前とかわらぬ深い闇の色の瞳でヴァレリウスをじっと見つめていた。そのおもてには憔悴の色がすでに濃かったが、ナリスは話しやめるつもりもないようだった。

「ヴァレリウス。どうやってでもいい、どんな無理をしてでもいい。私をグインのもとに連れていってくれ。——前に、なんとかして、イシュトヴァーンとの秘密の会談に……あのリリア湖の小島に私を連れていってくれたお前だろう？　お前なら、必ずなにか手だてを見つけてくれることができるだろう？」

「そのように……考えぬいてはみますものの……あのときとは事情も違いますし……そもそもナリスさまのおからだが、あのときよりもさらに……」

「大丈夫。私は……」

ナリスは激しく、呼吸を求めるように肩を喘がせた。

「私は……そのまま死んでしまってもいい。——グインに後事をたくして……そのまま息絶えてもちっともかまわない、グインに会いたい。——私はもしかしたら、いまはただ、その想いだけで生きながらえているのかもしれない。本当は、あの……あのアレスの丘で私はもう……本当にいのちを落としているところで……それを、あのようにして強引に切り抜けたけれども、それはもうもしかしたら……ねえ、ヴァレリウス、私はもう……もしかしたらリーナスやオヴィディウスのことをいうまでもない……もしかしたら私自身がもっとも、すでにゾンビー、生きている死人のようなものにすぎないのかもしれないのだよ……」

「何をおっしゃるんです」

激しく動揺して、ヴァレリウスは叫んだ。

「そのようなことを……ずっとお考えになっておられたというのですか。私たちが、必死に――それこそいのちをかけ、寝食を忘れて、あなたの――あなたのために奔走しているときに……」

「怒らないで、ヴァレリウス。べつだん、悪い意味でいっているのじゃない……むしろ、その、とくに死んでいるはずだった私にかりそめのいのちをあたえてながらえさせてくれているのが……グインに会いたい、会ってみたいという――その想いだけなのかもしれない、と云いたかっただけなんだから。……ねえ、ヴァレリウス……私はずっと思っていたよ……私は本当にグインに会うことはあるのだろうか……もうきっとノスフェラスにゆくことは、私の生がこのあと何年あろうとも、決してかなわぬ夢になってしまった。……だが、グインに会うことは……グインのほうから近づいてきてくれた……そして、もし万一にも、実現したとしたら……私は、いったいどうなってしまうのだろう…

…」

「どうなって――と申されるのは……」

「あまりにも、望みすぎたことがかなうと……ひとは、そのあと生きていられるのだろうかと……」

ナリスの声がかすかになった。ヴァレリウスはナリスの具合が悪いのかと蒼白になりながら、ベッドのなかをのぞきこんだ。が、ナリスは、目をとじたまま、ひどく青ざめて辛そうになってはいたが、気を失っても、熱にうなされてもいなかった。

「私とグインとが出会ったら――そのとき、世界には……何かが起こるだろうか。……そのとき、世界は――変わるのだろうか、ゆらぐのだろうか、大地は鳴動し、何かが――運命神ヤーンが世界をゆるがして動き出すのが……私やお前にはわかるだろうか……」

「ナリスさま……」

「私とグインとが出会っても何も起こらなかったとしたら――世界が、何ひとつ変わらぬとしたら、私の胸は張り裂けてしまうかもしれない――だが、私とグインとが出会って……そして、何かがかわってゆくことを私が感じたとしたら、そのとき……」

「ナリスさま！」

「そのとき私はもう……そのあと続けて生きていられるとは思えない……そのあと、何を夢見て生きていていいのか……もうきっと私にはわからないだろう……そう思えて……」

「そのようなこと――そのようなことをおっしゃるなら、グイン陛下とのご会見のために努力など、私はしませんよ！」

激しい口調で、ヴァレリウスは云った。

「ヴァレリウス」

「そうじゃありませんか。……あなたがもし、グインと会ったらそれで望みがかなって死んでしまう、などといわれるのなら、私は、この手で邪魔してでもお会わせしませんよ！　ナリスさま！」

4

「……」

ナリスは、しばらく、どう答えたものか迷うかのように目をとじたまま、黙り込んでいた。

それから、ややあって、かすかに苦笑して、けだるそうに目を開いた。

「お前ってば、意地悪だねえ、ヴァレリウス」

「意地悪なのはあなたですよ、ナリスさま……私が、私たちがどれほどご心配申し上げているか知っておられながら、そんなことを……」

「だって、本当にそう思ったからそういっただけだよ」

何か、ふしぎな一瞬がまた通り過ぎていったかのように、ナリスのようすは、ちょっと楽そうになっていた。そのほほにはまだたかぶりの赤さが残っていたが、一瞬前よりもいくぶん健康そうに、生きた人間、血の通った人間らしくみえた。そのほんの一瞬前に、死のことを口にしているときには、まるで、雪花石膏作りのあやしい真っ白な彫像のようにしか見えなかったのだ。

「そうでなければ、グインに会わせる手だてを考えてくれない、というのなら、いまいったことは撤回するから、手だてをたてておくれ、ヴァレリウス」

「イヤです」

「ヴァレリウス」

「あなたはもしかして、ずっとグインにお会いにならないほうがいいのかもしれないという気がしてきました。……意地悪をいってるわけじゃありません。私は……私は心配になってしまったんです。あなたは——あまりにも夢見すぎる。詩人の魂——そう、たしか誰かが云っていたように思いますが……」

「……………」

「あなたの魂は敏感すぎ、夢見ることが多すぎ……夢に期待をかけることが多すぎて……もしもその夢が本当になったら、それこそあなたのおっしゃるとおり、その胸が張り裂けてしまうのじゃないかと——私は心配なんです。私でさえ、豹頭王となったグインと直接に対面し、ことばをかわしたとき、確実に何かがゆらぎだし、激しく動き出すのを感じましたからね。——いまのあなたの弱ったおからだやお心には……あまりにも、グインと直接お会いになり、ことばをかわすのは……激しく心をゆさぶられすぎる体験かもしれないと、そう思えてきて……」

「だが、会わないわけにはゆかない。そうだろう？」

一瞬、かつての彼らしさを取り戻して、意地悪そうにナリスは云った。

「私が彼と会わなければ……何かが起こらない。何かが起こったら私の心身がそれにたえきれぬかもしれない。……だが、彼と会わないわけにはゆかない。世界は——運命は、ヤーンもまたそれを望んでいるのだから。ものごとはなるようになってゆく、そうだろう？　そうは思わないか」

「どうなのでしょうね……」

ヴァレリウスは考えこんだ。

「グインに会ってから私のなかでも……何かが確実に変わっていったような気がします、と申し上げたでしょう。……なんだか、それこそが、あのふしぎな男の最大の力のような気が、だんだん私はしてきたんです。あの男がすべてを変えてゆくのかもしれない……」

ヴァレリウスは、ちょっと言葉を切り、続けるべきことばを探すようすにみえた。それから、ためらいがちに続けた。

「もしかして……もしかして、私は……思わないわけでもないんですよ。もしかして、その彼とお会いになることが、あなたに……何かいい、正しい、おどろくべき変化をもたらす可能性は確かにないとはいえない。——私は奇跡を信じているわけではありませんが、あの人に会って、長年の宿願をかなえて——そして、あの人のあのふしぎな生命力をわけあたえられて……あの人のエネルギーをわかちあたえられるようにして、あなたが……よみがえるように、元気になられるなどという奇跡のようなことが……起こる可能性がないわけではない、と……そんなことさえも思わせてしまうのです、あの男は。あの人に会ったらあなたは……ひそやかにあなたの魂に入り込み、あなたをたえず手招いているドールの息吹から自由になれるかもしれない。もしかしたらまったく新しい何かがはじまるかもしれない——が、また、一方では、あなたのおっしゃるように、あなたのかよわい心臓が、ついにかなった夢、という大きすぎる出来事にそれきり張り裂けてしまったとしたら私はどうしたらいいのか——まだ、ずっと先のことだと思ったからこうして夢について語っていられましたけれど、いざ目のまえにきてみると……私もなさけない、ただひたすら動転するばかりでどうしていいのかわからない。こんなに早くそういう機会があるなど、思っていなかったからかもしれませんが……」

「……………」

「どちらにころぶのか、よいほうなら素晴らしいし、それが唯一の好機なのかもしれないが、しかしそうでないほうだったら私ももう生きてゆけなくなってしまう——そのおそれと不安に私だっていまにも張り裂けてしまいそうなんです。それでも、——それでもあなたのご希望のとおりにしたいと思いますよ。もしもそののぞみさえも奪われてしまったら、本当にもう、あなたは生きてゆかれなくなってしまうかもしれないと思いますから。……そうですね、でも――レムスのことは……別の心配ですけれども……」

「イェライシャ導師のことは、かなり確実にあてにしていいのだろうか？」

ナリスは思いだしたように、不安そうにいった。

「私が会ってどうなるかを話しているあいだに……こうしているあいだにも、彼がレムスと会って――そして、その、お前がそこまで思いこんだこれまでの彼はどこにもいなくなってしまう、というおそろしい可能性だってたくさんあるわけなのだろう？　それを考えると――彼のような奇跡が、そんなふうにしてみずからの不注意や過信――相手を甘くみたばかりに、むざと失われてゆく、などということが万一にもあったらと思うと、私は……そのことでも気が狂ってしまいそうに不安になるよ。とにかく、イェライシャに連絡をとってみてほしい。そして、一刻も早く――こうしているあいだにも、レムスはグインに接近しているかもしれないのだからね――一刻も早くイェライシャの庇護を取り付けられたら……私もちょっとは安心できるのだが……」

「それはもうすぐにも動いてみますし、同時に、レムス王の動静についてもさらにくわしく――これまでよりもちょっと危険をおかして斥候に深入りさせてみようとは思いますが……」

ヴァレリウスはうなづいた。

「それに、ナリスさまをなんとかしてグイン陛下とお会わせするてだてについても、もうその話をうかがって以来ずっと私は頭がはげるくらい考えに考えてはいるんですよ。──というか、本当は、グイン陛下は、いろいろと云ってはおられましたが、あれは同行してきたケイロニア軍への体面といいましょうか、おもてむきのほうが大部分で、マルガへきて下さることにはそれほどの異存はないように、私には実は思えたんですけれどねえ。一応、外交上のこととか、むしろケイロニア国内への体面とか、そちらのほうが問題になっているんだと思いますよ、グイン陛下にとっては。前のユラニア討伐のことなど考えてみても、あのかたはかなり腰軽く単独行も平気なかただし、必要だと思えばずいぶんと思い切ったこともなさるかたなんだから」

「だが問題は──いつまで、マルガがもつかどうかだな」

瞑想的な声音でナリスがいった。ヴァレリウスはびくっとした。

「まったくです」

ふいにいまおのれたちがおかれている状況を、あらためて思い出させられた、とでもいうかのように、ヴァレリウスはつぶやいた。

「まったくですよ。……このところダーナムの包囲はちょっと落ち着いているようですが、それもあちらがいつ最終的な攻撃に出ようと決めるかしだいで……もういかに軍勢をつぎこんでもダーナムをとりかえすことは不可能にちかい状態です。その前になんとかして、有力な武将を失うことのないよう、ダルカン老やルナン侯をこちらに引き上げてくるのを納得してもらわなくてはならない。でも少なくともどちらかは……納得なさらんでしょうね。マルガが危険だから、という理由で片方は引き上げさせられるとしたところで」

「でも、カレニア政府としても、ダーナムから、いまから両方に引き上げさせて、マルガはダーナムを見捨てたのだ、と世界じゅうに明らかにしてしまうわけにはゆかないよ」

「それはまったくそのとおりです」

ヴァレリウスは眉をしかめた。

「いまやダーナム戦線こそはカレニア政府にとってもっとも重大な岐路になりつつありますね。といって本当に、ダーナムをなんとかするために、このただでさえとぼしい我我の兵力をこれ以上さくことは、一兵たりともできない。ウム、こうなると、グイン王との会見というのは、そうしたナリスさまのお気持ちや最終的な問題ではなくて、もっとずっと卑近な目先の戦況にとってもとても至急の、大変な緊急の問題ということになってきますね。……とりあえず、ダーナムのレムス軍があまり積極的でないのは、もしかすると、レムス王がグイン陛下との会見がらみで動いているので、あちらの動きもとまっているということもありうるかもしれませんが」

「それはおおいにあるかもしれない。だとしたらとにかく、レムスとの会見というのがすみしだい逆に、われわれもなんとしてでもグイン王と会見できるよう設定しておくほかはないね……もうこうなれば、のるかそるかだ。もしも万一、グインがレムスに――ベックと同じ結果になっていることがあったとしても、それはそれでもう――われわれの運命だよ」

ナリスの声がひどくしずかだったので、ヴァレリウスは一瞬ぎょっとしてナリスの顔を見やった。だが、ナリスのおもては、沈んでも、またすでにむろんたかぶってもおらず、むしろおだやかで、最前までの異様なおののきもすっかり消え失せたように落ち着いていた。

「そう、思われますか……」

「ああ、なぜか、いま話していたら、それはそれでしかたないなと思えてきたよ。それに、こういっては何だが――私が会いたいと思い、信じた――この世をかえてくれるような会見になるかもしれないとまで信じた豹頭王グインは、たかが――一回や二回の会見くらいで、魔の胞子を埋め込まれて竜王のあやつり人形になってしまうような――そういったらベックたちにたいして失礼にあたるかもしれないが、本当のことだからしかたがない。そんな、愚かな、また油断やすきのある人間ではないと私は思えてきたよ。もしもたかがそのていどの人間であれば、私が会って後事を――それともこの世のすべてを託す必要もない。それならばただの普通の人間、それともちょっとだけぬきんでた、だがやはり人間であるには違いない存在に過ぎない。私が求めているのはそんな相手ではないんだ。私が豹頭王グイン、ということばにずっと思い浮かべていたのは、もっとずっと、驚くべき——おそるべき存在、まったくほかの人間と何から何まで違っているような……」

「それは、まさにそうだと思うのですが……」

ヴァレリウスは、間近に接したグインの謦咳を思い出すかのように云った。

「そうですね……私もそのような気がしないでもありません。このくらいのことをおのれで切り抜けられなくては豹頭王グインではない、と。——でも、やはりあいてはキタイの竜王だし……イェライシャにはなんとかして早速連絡をつけてみます。そしていまちょっと思いついたのですが……」

「ああ」

「グイン陛下にマルガへいらしていただくときには、私としてはすでにグインひきいるケイロニア遠征軍もろとも、であるべきだという気がします。そうすれば、カレニア政府の士気もどっとあがりますし、同時に非常な、レムス政府への示威運動にもなる。——ですから、グイン陛下にまずナリスさまがお会いになるのは、ちょっと頑張っていただいて、マルガよりももうちょっと出ていただいて……」

「大丈夫だよ、私のことなら心配はいらない。このところずっと体調も前よりもいいんだし、それに、このくらいのことはいやしくもパロ聖王として……いのちにかえてでも頑張らなくては……」

「しかしまた、ナリスさまがそうしていまのこのおからだで移動されることが、キタイ側やレムス側にことのほかねらわれやすくなるというのも事実だとも思います。そちらの側面も考えなくてはいけない。それで考えると、結局、一番いいのは……これはあとでヨナ先生にもはかってみますが、私のふと思いついた会見の場所としては……」

「ああ」

「現在、ダーナムは戦場です。その周辺には、とうていナリスさまは近づけられない——ましって、ダーナムはナリスさまがあれだけの犠牲をはらって脱出していらした場所なんですからね。で、私は考えましたが……比較的ナリスさまが安全で、そしてダーナムの戦場に近づかずにすみ、そしてマルガからもそう遠すぎず、ワルスタットからもほぼまんなかにあたるのは……サラミスからエルファにかけて、このパロ西部街道だと思います」

「ああ」

「まあ、いまのおからだの調子を考えれば——エルファまでいらっしゃるには途中に森林地帯がありますから、やはり、サラミスだと思いますね。……サラミスならば完全にわがカレニア政府の領地内ですし、かなり安全に移動できるはずです。そしてグイン陛下がレムス王とどこで会見するつもりかはわかりませんが、陛下もクリスタルという敵地のまっただ中まではさすがに乗り込むおつもりはないでしょうから、とりあえずシュク、エルファ界隈を選ぶ可能性は高いと思うので……そうなると、そこからサラミスへきて下さるのはそれほど遠い道のりじゃない。いろいろな意味でサラミスが一番いいのではないでしょうか」

「ああ、そうだな。それについてはまかせたよ、ヴァレリウス」

「さっそく、サラミス公とはかって、サラミスのボース公の城をその会見場所と、そして当座のナリスさまのご滞在場所にできるかどうかきいてみましょう。マルガを死守する理由はここが比較的安全だからで、本来はもうちょっと体制がととのえば、カレニア政府の名前どおりカレニアに下ることも我々は当然考えていたわけですから、まあとりあえずその前にサラミスに落ち着かれてもそれほど不都合はない。——土地のゆたかさという点、つまり軍勢の養いやすさという点からは、サラミスのほうが、カレニアよりかなり上ですからね」

「ああ。名前はもうカレニア政府で通ってきてしまっているから、それで当面おしとおすほかないだろうが、私としては、サラミスを首都というかたちになってもそれほど問題はないと思うよ」

「何よりもマルガはリリア湖ぞいで、何かと不便ですし……交通にも、また戦争にもですね。……それにつまるところ、マルガの離宮というのは、別荘としてたてられたものなので、いろいろな意味で不備ですし。サラミス公の居城ならずいぶんとその意味、堅牢でもあると思います。ただ……」

「ただ？」

「ナリスさまのおからだが……せっかく多少快方にむかってこられたのを、また移動ということで体力を使ってしまわれるのが心配なのですが、このさいはそうもいっておられませんね……なんだ、カイ」

そっとノックの音がして、カイが遠慮がちに首をのぞかせたのだった。

「伝令が参っておりますが……」

「わかった。もう、人払いはおしまいだよ、ヨナ先生にも戻っていただいてくれ」

「かしこまりました」

カイはもう一度ひっこみ、ヨナと、報告にやってきた魔道師をともなって控えの間から戻ってきた。早速ナリスのベッドのうしろ側のおのれの定位置というべき場所につき、クッションをなおしてやり、汗をぬぐってやり、カラム水を唇にあてがってまめまめしく面倒を見始める。ヨナは何もいわずに会釈してまたおのれの椅子にそっとかける。

入ってきた伝令班の魔道師は、黒いフードの頭をふかぶかと下げた。

「ご報告申し上げます。……ワルド城にご滞在中のケイロニア王グイン陛下は、内密にて少数――一千の兵士のみを護衛につれられ、シュクの側からパロ国境に入られました。それにつき、ヴァレリウス宰相に出立のご報告をするようにと、グイン陛下おんみずからから、御伝言を頂戴いたしました」

「御自分の動きについては伝えてくださるおつもりらしい」

ヴァレリウスはうなづいて云った。

「わかった。ご苦労。だが一千？　それは黒竜騎士団の？」

「グイン陛下直属の《竜の歯部隊》という特殊精鋭部隊が一千という構成でおられます。当分、この編成にて、レムス王と会見をすまされたのち、ただちにカレニア政府の指定する会見場所にむかうであろう、というおおせでありました。その会見場所についてはこちらからすみやかに設定していただきたいということで」

「わかった。では、お手紙を届けさせていただこう」

ヴァレリウスはもういちどうなづいた。

「ほかにないか？　よろしい、ご苦労だった。下がってくれ」

「かしこまりました」

「一応、ナリス陛下とはかり、思い切って、このさい、アル・ジェニウスにサラミスにお移りいただいてはどうかという考えをまとめたのだが」

魔道師がひきさがっていってから、ヴァレリウスはヨナをふりかえった。

「サラミスでございますか。それは頃合いでしょうね」

ヨナは相変わらず、何をきいてもまったく意外そうなけぶりもみせない。

「もうそろそろ、マルガを守りの根拠地にするのには無理が出てきている、といってカレニアに下るのはナリスさまのいまのおからだではまだ無理、と私も思っておりましたから。いまでしたら、でも前よりはナリスさまも体力が出てきておられます。サラミスなら、ちょうど手頃でしょう。守るのは……多少は逆戻りでクリスタルに近づいてしまいますが、もうこうなったら、カレニアに下るのもマルガにいるのも、サラミスに戻るのも同じですからね。それにグイン軍がもしついてくれるのなら、もう、どこにどうなどと云っておられません。それをさいごの機会に、むしろこちらからクリスタルにせめのぼってやるくらいの気持でいなくてはと」

「こちらからクリスタルに」

ヴァレリウスは思わず口辺をゆるめた。

「いさましいな。もしかしたらヨナ先生が一番武人としては過激かもしれん」

「現実の戦場を何も存じませんからね」

にこりともせずにヨナが答える。

「ではさっそく、サラミスへの移動の準備を開始いたしましょう。それにこの移動はもうひとついいことがあります。ダーナムにたいしては、あるていどの示威運動になるでしょう。ずっとここにこもって、ダーナムにはあれきりもう援軍も増援せず、ダーナムからの要請にも応えずにいるのは、どうも、こちらの士気にもかかわるし、といって要請にこたえて玉砕するわけには参りませんし――なんらか動き出した、という報告があれば、ダーナムも多少活気づくかもしれません。といっても、いまのダーナムはもはや、いつ陥ちるかは時間の問題、あちらのお情けだけでさいごの余命を保っているだけ、という状況にすぎないのも確かですけれどもね」

「まったくだ。だが、なるほど、そういう事情なら、ルナン侯かダルカンどのを引き上げさせられるな」

その、引き上げを命令されたほうが、ダーナムとともに玉砕する運命をまぬかれることになるのだろう。

それを、いずれもパロともナリスとも深いゆかりのある二人の老将のうち、どちらの一人にすべきなのか。

その、あまりにもきびしく微妙な問題については、ヴァレリウスはまだそのときではないとばかり口をつぐんでふれなかった。

「しかしカレニア軍のほうはいずれナリスさまがカレニアに下ってカレニアを首都にされると思っています。これも懸命に頑張ってくれているカレニアの兵士たちが意気沮喪しないために、サラミスへの移動は当面、カレニア政府の本体をうつすためではない、あくまでもケイロニア軍を味方に得るための、グイン陛下との会談の場として、ということは明らかにしておいたほうがよろしいでしょう。――あれでカレニアの人たちはなかなかに単純です。あんなに一生懸命に尽くしてくれているのも、ナリスさまが『カレニア政府』という名前をお選びになったことをこの上もなく光栄だと思っているからこそで――それで、もうさいごの一人となってもひかずに玉砕するまでお供を、と思い詰めているのですから。私は正直、クリスタルに近すぎるという点をのぞけば本当はもろもろ、土地柄とか、さまざまな条件はサラミスのほうがかなりよいなと思ってはいたのですが、それも言い出しにくかったですからね。まあ、何はさておきグイン軍を味方にしなくてはわが政府の存続はありえない、というところで、ナリスさまをお守りして現在のマルガにいる兵力の半数以上はサラミスに移動するが、あくまでもそれはグインとの会談のため、とさせておきましょう」

「それは、もう、ヨナ先生のよろしいように」

「ボース公にはさっそく先発していただいて、会談というか、移転の用意をととのえていただいて――ナリスさまにはこんどは、振動がおからだにひびかぬよう、かなり特殊な寝たままで移動なされる馬車を用意しないと駄目ですね。そして、マルガとサラミスはよろしいが、そのあいだのサラミス街道の宿場ひとつひとつはあらかじめ、かなり厳重に確保しておかないと、また……キタイ王に道中ちょっかいを出されるようなことがあっては一大事ですから」

「とりあえず、魔道師ギルドがあらかじめサラミス街道のすべてのルートを洗い出して、そこになんらかの敵方のワナがないかどうかをきびしく調べさせておこう」

ヴァレリウスは云った。ヨナはうなづいた。

「そう、それから、もうひとつ、忘れてはならぬことがありますね」

「何……？」

「ゴーラ軍ですよ。イシュトヴァーン王です」

「ああ……」

「イシュトヴァーン王は、魔道師の斥候の報告によれば、サンガラでクムのもと公子タルーの残党の兵とぶつかり、これを掃討したのち、シュク方面めざして、自由国境地帯をこえ、北クリスタル街道へ入ったもよう、ということですが……こののち、どう動くものか、パロ国境を越えてからは、さすがにこれまでのように疾風の如くとはゆかないでしょう。また、まさか直接クリスタルにむかう可能性はないでしょうが、エルファまわりでクリスタルを迂回すれば、そのまま南下してサラミスを目指す可能性は充分にあります。いよいよ、カレニア政府も、イシュトヴァーン・ゴーラにたいしてどのように対処すべきか、援軍を申し出られたときにどう受けるか、どの時点でどう返答するか、あらかじめ充分に腹のうちを決定しておかないと、グイン軍との動きの関係で、かなりいろいろな誤算や食い違いが生じるかもしれませんね。私は実はぐっとクリスタルに近づくことで、レムス軍よりむしろゴーラ軍の動静が心配なのですよ」

第二話　駆　引

1

「陛下！」

マルコが馬を飛ばして近寄ってくる。彼が馬をとめるまえからもう、イシュトヴァーンにはマルコの云いたいことはわかっていた。

「なんだ。パロ国境を越えたぞ」

「おわかりでございましたか。それでしたら、もう……この先は……」

国境といえど、きわめて広い地域にわたる国境線のそのすべてを、国境警備隊が守っていられるというわけではない。

ことに、旧街道のある道では、古いほうの街道まではなかなか警備隊を常駐させることはできない。むろん、ここそ防衛のかなめ、というような場所は別だが、それ以外のところでは国境といえども、はっきりとした目印がある場所ばかりではない。

またどうせ国境にもっとも近いそれぞれの砦が、おもだった街道筋をおさえ、最終的にはそうした砦のどこかできびしいチェックを受けなくては、ひとつの国家に入ることはできない。うまく裏道を通り、ほとんどひとの通らないような森林地帯や丘陵地帯などを選んで抜けてくれれば、戦時中でなければまったく見とがめられずに国境をこえることも可能だが、そのかわり、そうしたものは国境を正式にこえてきたしるしの手形や許可証、通過証明などを持っていないから、砦や首都の市門などで必ずひっかかる。

むろん国によっても厳しさの度合いは違うし、戦争中かどうか、あるいは隣国との関係などによってもおおいに事情は違ってくるが、それでも基本的には、結局はきちんと国境を通過したほうがあとが楽なのである。

が、パロとケイロニア間の自由国境地帯をすぎ、パロに入る国境線は、少々ゴーラ軍が拍子抜けするくらいひっそりとしていた。

もっともそれも無理はないかもしれぬ。現在、パロは激しい内乱状態に突入している。大半の兵は国内のいくさのためにつぎこまれている現在、むろん最低限の警備はなんとか行っているのではあろうけれども、かつてのパロのように、秩序だてた警備をすべての国境線のおもだった砦で行っているためには、いまの状態はあまりにも人手が足りないのだろう。

そんな余分な兵力があれば、国内にふりむけたほうがいい——そうしたパロの事情を反映するかのように、街道筋もひっそりとしていたし、往来する商人たちも通常の半分もいなかった。

イシュトヴァーンは一応、もっともケイロニア－パロ間の中心的な通過地点となっているシュクではさすがにこの状態といえども警戒が厳しかろうとみていたが、その分、国境警備隊はシュク周辺に集められ、パロ北国境そのものでは比較的国境線はゆるやかなのではないかと考えた。その考えはあたっていたらしく、かれらはほとんどとがめられることもなく国境を通過したのだった。国境といっても、赤い街道に「これよりパロ」という道標がかなり大きくたてられているほかは、何か目立ったしるしがあるわけでもない。

それに、そもそもイシュトヴァーンが追撃している例の謎めいた軍勢は、ゴーラ軍よりも相当早めに、パロ国境を通過し、パロ領内へ逃げ込んだはずだった。いざ見とがめられたときには、あの前をゆく軍勢にいきなり問答無用の奇襲をかけられたのだから、それを追ってきているうちに国境線をこえてしまっただけだ、という申し開きもできるだろうとイシュトヴァーンはふんだのだ。

（しかし……その以前に、きゃつらのほうが国境線で止められないということは……きゃつらはやはりパロの軍勢か、あるいはその息のかかった……）

いかに、内乱で手がまわらず国境警備がゆるくなっているだろうとはいえ、それでもこれだけの人数の軍隊が赤い街道を突進してきたら、当然あちこちにおいてある斥候からシュクの国境警備隊に報告がゆき、ただちに国境警備隊が出動することとなるだろう。イシュトヴァーンがあえてかれらを追撃したのは、もしもかれらがパロの軍勢ならばシュクの国境警備隊が止めるかどうかでそれがわかるだろう、もしそうでなければ、シュクでいずれにせよかれらに追いつけるだろう、という気持もあった。

しかし、かなり緊張しながらパロの国境線をこえたあとにも、しばらく左右に注意を配りつつ進撃させてみたが、いっこうに国境警備隊らしいものはあらわれない。むろん、あの謎の敵軍もそのままかなり先を進んでいる——こちらからはたえず斥候を先にやらせてようすを見ながら追いかけているが、そのようすを見たかぎりでは、敵軍は必死に逃走しているのか、それともイシュトヴァーン軍が追撃しているとわかっているのか、それもわからない。イシュトヴァーンは国境を通過したらかれらの態度がどのように変わるのか知りたくて、わざと、かなりのあいだをあけて追撃するようにさせたのだ。

が、国境をこえても、敵軍のようすは特にかわらぬようだった。そのままその軍勢は旧街道をシュクの方向をめざしているとしか思えない。その落ち着きぶりをみればやはり、それは国境をこえて侵入してしまった侵略者ではなく、おのれの所属する国家に帰ってきたとしか思われぬだろう。

（だとすれば、場所的にも……カレニア政府の軍勢のわけはない、だが、レムス軍なら、なぜ、紋章や旗をすべてとりのぞいてあんなところまできて……俺の軍を……）

待ち伏せられたのか、それとも偶然ぶつかったのか。タルーの奇襲とどのようなかかわりがあるのか。

何もかもあまりにもわからぬことが多すぎる。そのことに、イシュトヴァーンはひどく苛立っていた。何事にも慎重派のマルコは、あの軍勢を追いかけてパロ国境をこえることにかなりの逡巡を示した。もしもこれが、なんらかのかたちでのワナだとすると、

「奇襲をかけられたのでその軍勢を追撃してつい国境をこえてしまった」などという申し開きが出来るどころか、逆にあらかじめ、それこそレムス軍なりが仕掛けたとおりに運ばれて、かれらこそ、国境をこえて侵入してきた侵略軍ということで、有無をいわさず大軍に囲まれてしまう可能性がある、というのである。

「それもおおいに考えたがな、マルコ、だからといってどうせどこかでは俺たちは国境をこえなくちゃならねえんだぜ」

イシュトヴァーンは、そのようなことばで、マルコの心配をふっとばしたのだった。

「どっちにしても俺たちはパロ国境をこえにきたんだからな。いま越えるもあとで越えるも同じだよ……これがワナだとしても、とりあえず俺たち本来の目的地には確実に向かってるんだ。だったら、ワナをかけられたら、もうそのときに考えりゃあいいじゃねえか。そうじゃねえか」

「それはそうですが、しかし……」

このイシュトヴァーンの論理――というか非論理は、なかなかにイシュトヴァーン以外の人間を説得できるようなものではなかったが、しかし、マルコはどうあってもイシュトヴァーンがひきさがる気はないのだとわかってあきらめたらしい。もとより、他のうら若い武将たちには、イシュトヴァーンのことばにまったく反対するような気持ちも、根性もない。イシュトヴァーンはかれらにはいくさの神様なのだ。

しかし、それにしてもこの幻の敵軍の動きはあまりにもいぶかしかった。

「何を考えてやがるんだろうな……」

イシュトヴァーンはまたしても、それを考えに考えている。

それにパロ国境をこえても、国境警備隊がこれほど沈黙しているというのがあまりといえばいぶかしい。出動はせぬにせよ、ようすを斥候にくらいはきてもよさそうなものだ。国境をこえてからシュクの町まではいくらもないはずだが、その街道筋は旧道であるせいもいくらかはあるのだろうが、それこそ封鎖された街道でもあるかのようにひっそりとしずまっている。国境をこえるまではまだ多少みられた商人や旅人の姿ももうほとんどない。

「このまま、シュクに向かわれるおつもりですか、陛下?」

マルコが、またしてもわざわざ寄ってきてイシュトヴァーンをひきとめたのは、もういよいよ、この先十モータッドとはかからずにシュクの宿場に入ってしまう、という焦慮のゆえであるらしい。シュクにはどうしたところで人がいる。人がいれば、誰何され、こちらの対応をとわれずにはおかぬ。

「そんなつもりはねえよ、うるせえな……」

正直のところ、イシュトヴァーンは何も考えてはいなかった。

つねに、おのれの直感と本能とをもっとも確かな味方として行動してきたイシュトヴァーンである。何か事あれば、おのれの直感がものをいってくれる――それにまかせていれば一番よいところへおのずとゆきつく。それが、イシュトヴァーンのかなりいい加減な処世術というか、信念なのだ。

だから、一番困るのは、その「何か事があれば」という、その「事」がなかなか起きてくれないときだ。おのれから仕掛けていったことについては、イシュトヴァーンはしばしば痛い目にあっていたし、それでいっそう、おのれの場合には、自分のほうからあれこれ考えて仕掛けたところであまりうまくゆかぬらしい、ということは骨身にしみていた。

（くそ……）

敵軍が、パロ領内に入りさえすれば、シュクまでどころか、一歩国境線をこえたとたんに何かがおこるだろう、と考えて、ゆるゆると追撃態勢に入って半日あまりを追走してきたのである。だが、もうそろそろ、今夜の泊まりをどうするかも考えなくてはならぬ刻限にもさしかかっている。

（なんだか、調子が狂うな……）

といって、こちらからさらに追撃の速度を速めて、敵軍に追いついて攻撃をしかける、というわけにもゆかない。かなりあいだをおいてゆっくりめに追撃してきたのだから、いまからそうしたところで、追いつけるのはちょうど真夜中くらいになってしまうかもしれない。勝手のわからぬ他国でそのような事態になることはぜひとも避けておきたい。だが、勝手がわからぬというのなら、それこそ、このあたりで夜営するのもまた、勝手がわからなくて不安であるには違いない。

（だが……ひきかえして国境の外に出るというのも……）

みすみす敵軍をこのまま見逃してやるというのも業腹だ。それに、それではまたいつ、どこであの敵軍が攻撃してこないとも限らない。

（それに俺はこれまで、敵にうしろを見せたことなんかねえんだ……）

その思いがイシュトヴァーンをまた、いっそう縛っている。

「どうなさいますか……」

マルコは今夜の軍隊の泊まりについて責任を感じているのだろう。執拗に追及してくる。イシュトヴァーンはうなったが、ようやく心を決めた。

「よし、街道をはなれるぞ、マルコ。…これは旧街道だろう。新街道とのあいだくらいへ出て、そのへんなら……あまり人家のなさそうなところを選んで、なるべく林だの森だののかげになって目立たなさそうなところで夜営だな。旗指物、紋章など、身元のばれそうなものはいったんすべてはずせ。それにすまねえが今夜一晩だけは火は抜きだ。それほど寒い季節じゃねえ、問題ねえだろう。あったかいものも食えねえが、持ってきたものでまだ間に合うはずだし……あまり離れすぎねえように、だがかたまりすぎねえように適当にバラつかせて……」

「このあたりで、夜営なさるのでありますか」

マルコはいやな顔をする。それは当然だった。無断で国境をこえてしまった上に、三万もの大軍が、そのあたりの野原に夜営しようというのだ。目立たないわけはない。いかに人家が少ないとはいえ、ノスフェラスだの、ナタールの大森林のような人跡未踏の地とはわけが違う。ここは、中原で一、二を争う人口をもつ大国家パロの国境をこえた領内なのだ。集落のひとつふたつは、どのように街道を避けたところで、どうしてもぶつかってしまう。

「しょうがねえだろう」

イシュトヴァーンは、ひたすらあの幻の軍勢を追撃してきたおのれの判断が、どうやらここにきて少々まちがっていたということになりそうだとわかって、機嫌が悪かった。

「これから国境線をこえるのにひっかえしたところで……国境をこえるかこえないかのとこで夜になって、そうすりゃ、お前、そこだってまったく事情は同じだぞ。南ワルドの山の中だ。そこで火をたくわけにも、くつろいで天幕を張るわけにもゆかねえだろう。まして、ゴーラ軍ですが泊めてくださいと近隣の農家に押し掛けるわけにもゆかねえんだ」

「それは、そうでありますが……しかし——」

「しかしもかかしもねえ。俺の命じたとおりにしろ。明日になりしだい、俺は……」

イシュトヴァーンはちょっと黙った。

マルコは容赦なく追及した。

「明日になりしだい……？」

「それは、だから……」

イシュトヴァーンとしては、あの軍勢をとっつかまえるか、パロの兵があの軍をおさえてくれるか、あるいはパロのほうから何か接触してくるか、そのどれかが、国境をこえるかこえないうちには確実に起こるだろうとふんでいたのだ。だが、そのいずれも起こらない、というのは、イシュトヴァーンにしてみればおおいなる計算違いであった。

その場合にはどうするか、というところまでは、正直いって考えていない。というより、おのれの予知能力や本能と直感に対して一種、神がかり的な信頼を抱いているイシユトヴァーンとしては、このようにおのれの信頼を裏切られる展開は珍しい――いや、それはむしろ、ありうべからざることだったのだ。

が、現実に日は沈みかけているし、追撃している相手はかなりはなれた、そろそろシュクの町に入るあたりまでいってしまっている。もう今夜は、このまま、何事もおこるとは思えない。

「何を、心配そうな顔してやがるんだ、マルコ」

イシュトヴァーンは声を荒くした。敵にも味方にも、弱みをみせてはならない――それもまた、イシュトヴァーンにとって、長年の経験が教えた最大の信条のひとつである。

「いまは、何もきくな。そのほうがいいんだ――明日になったらわかる」

イシュトヴァーンはちょっと格好をつけて云った。本当は、かれ自身この展開にとまどっている。だがそのことを、部下たちに知らせる気はない。

「しかし……」

「なんだ、お前、俺のいうことが信じられないのか」

「そうではございません。そうではございませんが」

マルコはあわてた。そこに、伝令に集められたヤン・インやリー・ムーたち、部下の武将が集まってきた。

「いいか、朝になれば事態がかわるからな」

イシュトヴァーンはいかにもすべてはおのれの考えぬいた結果にすぎない、というかのように胸を張った。

「心配するな。俺には考えがある。俺にはいつだって考えがあるんだ。……だが、きゃつらはおそらく……いや、いまは云わん。もうちょっと待っていろ。すべてがわかるからな……それまでは、俺にすべてをあずけて、安心してろ。今夜はここで夜営だ。だがこの街道筋はいかん。街道からはなれて、森かげ、林のあいだに適当にかたまりつつ陣を張るぞ。そんなに寒くはねえはずだから、今夜一晩は火はたくな。部隊にもどったら、これがゴーラ軍だとわかりそうなものはすべてはずせ。旗も片づけ、紋章ははずせ。といって野盗の群れにまちがわれねえよう、とにかく人家には近づくな。なるべく人の目にふれなさそうなところで、とにかく今夜だけはやりすごすんだ。わかったな」

「はい！」

ヤン・インもリー・ムーも若い。ほかのものはもっと若い。大きくうなづいて、もう何も聞き返そうとしないでただちにおのれの部隊に戻ってゆく。イシュトヴァーンは、マルコの聡明な目を避けるようにしながらひそかに考えていた。

(明日まで……今夜一晩時間がありゃあ、どうするか……考えも決まるだろう。いや、べつに……もともと俺は考えがなかったわけじゃねえ……ただこんなことになるというのは予定外だったし……そもそも、あいつ——あの敵軍の正体をつきとめようというんで、ちょっとたかぶって深入りしちまったが、やろうと思ってたことはべつだん変わってるわけじゃねえ。どちらにせよパロには入らなくてはいけなかったんだし、どちらにせよ——どちらにせよ……）

クリスタル軍の勢力範囲はどちらにせよ通過しなくてはならなかったのだ。しかし、確かに、イシュトヴァーンはレムス軍に味方するつもりだけは百パーセントなかった。

「おい、マルコ。命令変更だ」

「は」

「旧街道を、新街道のほうにじゃねえ、もっと西側のほうへそれろ。レムス軍の斥候の巡回でもあるかもしれねえ。まあ、俺としては……正街道のほうならともかく、この旧街道までそんなに厳密に網を張ってるとは思わねえけどな。でもやつら、魔道師だしな……」

「はあ……心得ました」

「とにかく夜通し歩哨は多めにたてて、夜襲にそなえるんだ。あの軍勢がまた戻ってきたらこんどこそとっつかまえてやる」

「戻って参りますでしょうか？」

「それはわからねえさ。だが、とにかく、この上パロ領内に深入りはしないでおく」

なら、いっそ、国境線の外側に一夜陣をおけばよかったのに——マルコはそういいたげな顔をしたが、何も云わずに伝令を呼びにはなれていった。

(くそ、ちょこまかと逃げ回りやがって)

　自分もたしかに速度をゆるめて、あいだをおいて追撃してきたのも本当だが、それにしても、またしても相手があのタルー軍の残党のように、ふっとすがたを消し、ゆくえをくらましてしまうのではないかと思うと、ひどく妙な気持がしてくる。なんとなく、普通の敵ではない――いかにも人工的な、何か作為のある感じがしてくるのだ。それにあえて乗ってやるのもひとつの手だと思っていたが、ここにきてイシュトヴァーンは少少その自信がゆらぎだすのを感じている。むろん、そんなようすは部下たちに毛筋ほども見せるつもりはなかったが。

「陛下、斥候が報告してまいりましたが、旧街道から西側には比較的集落が集まっており、なかなか、これだけの軍勢を夜営させるにふさわしい場所は見つからぬと申しております。……東側ですと、これは新街道とのあいだになってしまうのでありますが、ちょっとした森がひろがっておりまして、そのなかなら、まあそれほど近くに集落もなく、ぱらぱらと人家はございますが、山の中のこととて、それほどこちらの動きも目につかぬのではないかと――火をたかなければ大丈夫なのではないかと申しておりますが」

「西は、駄目だと」

　イシュトヴァーンは顔をしかめた。が、もう、日は落ちかけているし、ほかに選択肢はなかった。

「しかたねえ。じゃあ、ルアー騎士団としんがりの連中はそっちに夜営の準備をするため、街道をはなれろ。俺は……俺と親衛隊、それにさっき俺についてきたルアー騎士団の連中は俺と一緒に街道の西側に出ろ。もうちょっとだけ、きゃつらを追撃してゆけるところまでいってみる」

「もう、あと一ザンほどで日没かと思われますが……」

「大丈夫だ。深追いはしない。もうあとちょっと追ってみて、そのあとは斥候だけ残して戻ってくる」

「それまでに、夜営のご用意は、皆と同じところでよろしゅうございますか」

「いや、俺は戻ってきてから自分で決める」

イシュトヴァーンはふいに、おのれにもよくわからぬ衝動に突き動かされて云った。

「俺はどうも……なんだか気になって……」

「な……何がでございますか……？」

「いや……何でもねえけどな」

イシュトヴァーンの予感だの、第六感というものは、えてして「妙な感じ」とか、ほんのちょっとした「なんとなく、そんな気がして」というようなものからはじまることが多い。

だが、それがのちになって、きわめて有効に働くことがままあっただけに、イシュトヴァーンはおのれのなかのその直感、そしてかすかなその予感の最初のちりちりのようなものを、とても大事にしていたし、いやが上にもとぎすまそうとしていた。むろん、はずれたことだって多々あるはずだが、それ以上に、それによっていのちびろいしたり、とても助かったりしたことが多いのだ。それが最大のおのれの財産だとイシュトヴァーンは思っている。そしてそれは、とぎすませば、とぎすますほどに、するどくなると信じてもいる。

だが、まだそれは、予感――というほどいまは明確なかたちをとっていたわけではなかった。むしろ、少々それをてらっていたところもあるかもしれない。何か、はっきりした予感、予兆になってくるときには、もうちょっと、イシュトヴァーン自身が奇妙な違和感を感じたり、不安を味わったりしはじめるのだが、いまは、それほどに明確なわけではない。ただ、妙にそわそわして落ち着かぬ感じ――いまに、予感にきっと発展するに違いない、というような感じがするだけなのだ。

「いいか、マルコ、今夜だけは皆によく言い聞かせて、うかつに大声を出したり、勝手に隊列を離れたりさせるな。今夜さえ無事にすぎたらあとは……一気にエルファからサラミスへ下って、マルガへむかう。そのあいだにもしレムス軍と衝突するようなら、あえてそこでぶつかる。それによって、先にこっちからカレニア政府にむかって、そっちの味方だと知らせてしまうんだ。……いま、ダーナムでいくさだといっていたな」

「はい、ダーナムがいまの戦況としては、最大の激戦地になっておりますようで……それも、このところはちょっと休戦状態とはいわぬまでも、こぜりあいがはじまってはやみ、やんではまたはじまるていどの状態でとどまっているようでございますが……」

「そのダーナムに暴れ込んでやるってことも……一応考えてはみたんだが……」

国王軍がよしんば三万から五万ほどいたとしても、パロ軍である。こちらは勇猛をもってならすゴーラ軍が三万、イシュトヴァーンとしては、白兵戦になればもっと数が多くてもパロ軍にゴーラ兵がおくれをとるとはまったく心配していない。ただ、心配なのは、妙な魔道の戦いをしかけられてきた場合だけだ。

(だが、魔道師たって、それだけ多くの人間あいてにいっぺんに術をかけられるもんじゃねえし……もし最初になにかめんくらうことがあったって、俺は大丈夫だ、すぐにからくりに気づくことはできる……俺だって、これまでにずいぶんいろいろあやしげな連中ともゆきあたって、経験はつんできたからな……)

いったんマルガに下ってことあらためて味方の名乗りをあげてからレムス軍に向かうか、それともさきにレムス軍とぶつかってあるていどの実績をあげてからマルガにむかうか。

ダーナムの窮地を救ってやってから、それを恩義としてマルガへ、というのも考えなくはなかったのだ。しかし、これは、もしもそこでたたかいが膠着状態になった場合が面倒くさい。

（まあ、もし、レムス軍と遭遇するならそのままひと暴れしてやるし、そうでなければ……）

イシュトヴァーンが考えをめぐらしていたときだった。

ふいにけたたましい叫びが、イシュトヴァーンの思案をさえぎった。

「敵襲！　敵襲！」

その声は確かにそう聞こえた。

2

「敵襲、だとォ？」

思わず、イシュトヴァーンの声は絶叫に近くなった。

それも無理はない。ひたすら敵は逃げまくるばかりで、いっさい反撃する見通しはないものと思っていたのだし、それに、どうやらパロ軍も、国境警備隊も、イシュトヴァーン軍を見とがめて近づいてくる気配はない、というのを確かめて、夜営の手はずをととのえていたのだ。

そこへ、よりによって、である。

「おい、マルコ」

「はいッ、確認して参ります」

マルコもおっとり刀で駆け出す。イシュトヴァーンはすかさず小姓に戦闘用意を命じながら、ふいに激しくおのれのなかであの《予感》がうごめきだすのを感じていた。

(待てよ……これは妙だぞ……これこそ、何か、仕掛けられた……仕組まれたワナかもしれん……)

　よりによって国境をこえて、もうそろそろすぐには戻れないというていどに——しかもまだシュクには到着していないという中途半端な位置をみはからったような、敵襲の声——

「陛下ッ」

　マルコが駆け戻ってきた。

「どうした。やはり、きやつらかッ」

「十中七、八は……そのように思われますが……しかし妙です」

　マルコはなにやら釈然としない顔をしている。

「妙だと？」

「はい。敵が、その——両方に……」

「なんだと。はさみ討ちにあったというのか」

「かもしれません……シュクのほうから、一万ばかりの敵軍がこちらへ……隊列を組み、街道をあきらかに攻撃の意図をもって襲ってきております。その距離、まだ一モータッドばかりあります。しかし、斥候によると……うしろの、そのう、国境側からも、一千ばかりの一連隊が……あいだをつめてきており……」

「なんだと」

イシュトヴァーンは血相をかえた。

「それは、パロの国境警備隊でないことは明らかなのだな」

「さようで、そちらも何の旗指物、紋章、あるいは身元の明らかになるようなものもつけておらぬようです。すでにこちらを発見、警戒態勢に入っているらしく、そちらはあまり近づいては参りませんが、こちらの出ようを見ているか、それともシュク側からの軍といくさになって、こちらが退却するさいの退路をはばむ役を引き受けているのか……」

「退却だと」

イシュトヴァーンは怒って怒鳴った。

「誰が、退却などするか。よし、こっちもふたてにわけるぞ。マルコ、リー・ムーに一万五千もたせて例のワルドからの軍勢――前のほうのやつだ――にあたらせろ。俺のぶつかってみた感触じゃあきゃつらはあきれるほど弱かった。あんな連中なら俺が直接あたるまでもない。リー・ムーは最近腕をあげてる。あいつで充分だ。……ただし、またもしかすると、前のようにちょっと戦ってたちまち逃げ出してこっちをおびきよせようとするような格好をみせるかもしれん。そうしたら、深追いはせず、俺に判断をあおいでこいといってやれ。いいな」

「かしこまりました」

「うしろの軍というのは……くそ、おい、親衛隊を一千用意しろ。あとのものはここで陣をはり、リー・ムーにも俺にも要請がありしだい援護できるよう待機しろ。こんどこそ相手の正体を見極めてやる。もう、こんなふうにして翻弄されているのはうんざりだ！」

それは、まったく、イシュトヴァーンの本音であった。

もともと、気が短い上に、あまりいろいろと考えまわしたりするのは好きではないのである。その上に沿海州の人間だ。長い放浪でずいぶんといろいろな地方を見てもきて、さまざまな沿海州にはなかった魔道の力やあやしげな文化をも知ったとはいいながら、おおもとはやはりそういうのは好ましいとも、おのれに近いとも思えない。そうでなくとも、ちょろちょろと手を出してきてはまぼろしのように消え去ってしまうこの敵に、ほとほとうんざりしていたのであった。もう、これ以上同じように、からかうようにあらわれてはちょっかいを出してまた逃げ出してゆく、などということを繰り返させるつもりはまったくない。

だが、あらての《敵》のほうにイシュトヴァーンはより興味をひかれていた。それがどのように動くかで、あるいは前のほうの敵との連動のようすが見えてくるかもしれぬし、このさいごにあらわれた連中がもっともたぶん、全体のたくらみそのものと近いところにいるのではないか、という気もしている。

「陛下、わたくしもご一緒させていただきます」

マルコは心配して云った。イシュトヴァーンはあまり気にとめなかった。

「ついてきたけりゃ一緒にこい。とにかく親衛隊一千で、まずその一千てのにぶつかってやる。が、すぐうしろに……そうだな、ヤン・インに五千、後方援護をさせておけ。どうなるかわからんし、そのままもしかしたらそっちと戦闘状態に突入したら……リー・ムーの軍とふたつにうまいこと、わけられちまうとやばいからな」

「かしこまりました」

そろそろ――

パロの北端、シュクの宿場もほど近いこの地方に、早い日が落ちようとしている。シュクは国境をすぎればいくらもない。そして国境の北はワルド山地の裾野がひろがり、深い緑につつまれている。山々がへだてになっているせいか、このあたりは、平地よりも早く日が落ちるような気がする。

暗くなってしまうと厄介だ――イシュトヴァーンは気がはやるままに、応戦の準備をととのえ、親衛隊の精鋭をひきいて、馬をとばした。やはり応戦の準備にあわただしいおのれの軍のあいだを一気にかけぬけ、しんがりの隊のところまで出る。しんがりをひきいていたヤン・インがいそいで近づいてきた。

「陛下」

「どうだ、ようすは」

「あちらもどうやら、こちらの出ようをうかがっているのではないかと思われます。明らかにどのようにでも対応できるよう、陣をしいて、こちらの出ようを待っているように見受けられるのですが」

「そっちからは仕掛けてきてねえってわけだな」

「はい。ただ、最前列に弓兵隊があがり、そのうしろに騎士たちの隊列が三列にかまえ、かなり厳重なそなえのように見られます」

「だが、何も旗や身元をあかすものはないってわけか？」

「は……あまり見覚えのないよろいかぶとですが、かなり真新しいもので、よくそろっております。傭兵団とは見受けられません」

あまり、不用意に近づいて、こちらからいくさの口火をきることとなっては――と、ヤン・インはイシュトヴァーンの到着を待ってじっとひかえていたようだ。

「ふむ。ちょっと、見てやる」

イシュトヴァーンが、いっそみずからの目でと、親衛隊からさらに五十、おのれのまわりを固めるものを選ぶよう、命じたときだった。

「リー・ムー将軍よりのご報告でございます。……例の軍勢とのあいだに戦闘が開始されました。あちらより弓をいかけ、それがおわるや騎士たちが突撃してまいりましたので、こちらも応戦、かなり激しい白兵戦をくりひろげております」

「はじまったか」

イシュトヴァーンはここからではけっこう距離が開いてしまったことでもあり、見えるわけもなかったが、思わずうしろをふりかえった。かなり遠くのほうから、ようやく濃くなりまさってゆこうとする夕闇をついて、激しい戦闘の物音が確かにきこえてくる。

「リー・ムーなら遅れをとることもなかろうが、一応すぐに援護に入れるよう、五千ほど用意させておけ」

イシュトヴァーンは伝令に命じた。そして、当面のおのれの敵のほうにまた注意を戻した。

「斥候が戻りました。……敵は、かなり鍛えられた精鋭騎士団と見えます。動きがきわめて機敏である上、たえず前衛と後衛が入れ替わり、ひっきりなしに伝令が隊のなかを往復しているようすです。……しかしどうやらあちらから仕掛けてくる気配は……」

伝令がまだ、その報告を言い終わらぬうちだった。

「ワアアーッ！」

激しい悲鳴が陣の一画から起こった！

「どうしたッ！」

「陛下！　大変ですッ！」

すさまじい悲鳴がたてつづけにあがっている。イシュトはたちまち剣をひっつかみ、そちらにむかって飛びだそうとした。マルコが必死にとめた。

「お待ち下さい。見て参りますから！」

「大変です、陛下！　竜頭の怪物の一団が突然右翼のあたりに出現し、わが軍に襲いかかってまいりました！」

「なんだと」

はっと、さしものイシュトヴァーンも色を失った。

「竜頭の怪物だとォ？　なんだそれは！」

「わかりません……普通の人間より、かなり大きな……どこからあらわれたのかわかりません。正面の敵軍からわかれて迂回して襲いかかってきたのかもしれませんが……数は多くありませんが、あまりにも……そのようすが異様で……あまりにも……」

「どけ、はなせ、マルコ！　この目で見て、確かめてやるッ」

イシュトヴァーンは怒鳴った。そしてマルコが必死にとめようとすがりつくのを振り払い、剣をひっつかんで知らせのあった右翼のほうへ殺到した。だが、それほど近づくまでもなかった。

「な――なんだ、あれは！」

仰天して、思わず足をとめる。あとからあわてて追いかけてきたマルコも、驚きのあまりイシュトヴァーンの背中に衝突しそうになった。

「なんだ、あの化物は！」

思わず、同じ叫びがもれる――いまや、その一画は、逃げまどう兵士たち、果敢にたちむかうものたちの叫びと悲鳴、うめきでたいへんな混乱がまきおこっていた。

巨大な――およそ三タールばかりもありそうな怪物が、兵士たちのあいだにそそりたっていた。その首から上は、見るもおどろくべき巨大な竜のすがたをし、そして、首から下は人間――そのからだにもしかし、あらわれている部分には銀色のうろこが生えている。その上にまるでこばかにしたようによろいをまとい、マントをつけ、人間の戦士と同じようななりをして、竜の頭をふりたて、かっと耳まで裂けた口をあき――その手はしかし、おそろしい巨大なかぎづめがついたけものの手であった。

怪物たちはおよそ五十から百もいただろうか。そのかぎづめの生えた手と、ふとい尻尾、そしてその巨大な牙のはえた口でもって、手当たり次第にあたりのゴーラ兵を噛み裂き、尻尾で叩きつけ、かぎづめで引き裂いている――阿鼻叫喚のなかで、しかし勇敢なゴーラ兵たちは、ただ逃げまどうだけでなく、なんとかしてこのおそるべき、見たこともない敵と戦おうとしていた。

「逃げるな！　うしろをみせるな、お前たちはゴーラの勇士なんだぞ！」

隊長たちの必死の叫びが阿鼻叫喚のなかにひびきわたっている。

「たかがこんな化物をおそれるな！　数は少ないぞ、大勢でとりかこめ、やっつけろ！恐れるな、やっつけるんだ！」

だが、ちょっと見ていれば明らかなことは、その竜どものよろいだけでなく、うろこに守られた頭や腕、尻尾なども、想像を絶して固いようだった。それにむかって、必死に斬りつけるゴーラ兵の剣ははねかえされ、どのような攻撃も何の効果もない。ぶんぶんとふりまわすふとい尻尾にはねとばされ、地上に叩きつけられた兵士の上に巨大な足がおりてきてふみつけ、かぎづめがむざんに引き裂く。血みどろになりながら息絶えた兵士の死体を、竜の怪物がかるがるとつかみあげて、兵士たちのほうへ投げつける。それはすさまじい地獄図絵であった。

「なんだと……」

さすがのイシュトヴァーンも、あまりのことに言葉を失っていた。

マルコは、必死に、イシュトヴァーンをうしろからまるで抱きかかえるようにして、イシュトヴァーンがいきなりそちらにむかって突進してゆかぬよう、抱き留めていた。だがイシュトヴァーンは驚愕に凍り付いていたので、その心配はなかった。

「なんだ……何なんだ、あの化物は！」

「わ……わかりません……パロの魔道で操られている……怪物でしょうか？」

「魔道で……だと。くそ、だが、それにしてもあいつらは……どうみても、知能があるぞ！」

イシュトヴァーンのいうとおりであった。

もっとも、恐しい印象をあたえるのは、この竜の怪物どもが、ただの化物ではなく——よろいとマントを身につけていることでもわかるとおり、もしかしたらある種の《人間》ではないか、ということであった。だとしたら、この三タールもある、おそろしく強力な怪物で編成された軍隊、などというものがありうるのだったら——たとえ、ゴーラ兵がいかに勇猛だとはいえ、刀の刃も歯がたたぬあいてなのだ。とてものことにかないようもない。

（これが……これがもしかして、パロの——いや、ナリスさまのいう、キタイの……？）

イシュトヴァーンの心をおそろしい疑いがかすめた。だが、目のまえでどんどん倒されてむざんに血を流しているおのれの部下たちをただ手をこまねいて見ていることはできなかった。

「マルコ、はなせ、俺も切り込んでやる」

「いけませんッ！　きゃつらはただの化物です。怪物なんです！」

マルコは、いよいよ必死になってイシュトヴァーンをうしろから抱きかかえた。

「おい、サン、マロン、お、俺だけでは無理だ。お前たちも陛下をおとめするんだ。陛下をあんな……あんな怪物との無謀な戦いにお出ししてはッ！」

「あ、は、ハイッ！」

小姓たちも、あわててイシュトヴァーンにとりすがる。

「離せ、ばかども！　大丈夫だ、俺はあんな竜ごときにッ——やられたりせんわッ！

ええい、はなさんかッ」

「駄目です！　あの怪物には、どうやら刀もきかぬようです！」

「だからって、ここでこうやって、部下どもが皆殺しにされてゆくのを見てろっていうのか！」

「そ、そうではありませんが！」

マルコは声をふりしぼった。

「ごらん下さい！　さっきから、あれだけの勇猛なゴーラ兵の反撃にも、ただの一匹も……たおすどころか、傷をつけることさえできないでおります！　あいつらはもしかして……超自然の……」

「ばかをいうな、生きてああしてうろついてるものなら、超自然の怪物なんてことがあるもんか！」

イシュトヴァーンは怒鳴った。が、ふいにしずかになった。

「もういい。わかったから離せ。確かにきゃつらはよろいもあのウロコも恐しく固いよ

うだな、どうするか考えるから、離せ。マルコ」

「あ……は、はい」

イシュトヴァーンの声のようすが変わったのに気づいて、マルコははっとして手をはなした。小姓たちもおずおずと手をはなす。イシュトヴァーンは激しくくちびるをかみしめながら、目のまえの酸鼻の情景に目をすえた。

「くそ……確かに、刃は歯がたたなさそうだし……目なんかはどれほど鍛えても急所だろうが……でかすぎてこのままじゃとどきもしねえ……くそ、どうしたら……」

ぶつぶつつぶやきながら、なおも勇敢にうしろをみせるまい、くずれたつまいとしているゴーラ兵のまんなかで荒れ狂っている数十匹の竜頭の戦士をにらみすえていたが——

——

ややあって、いきなりイシュトヴァーンの目がきらめいた。

「マルコッ！　いそいで、弓兵隊をよべ、火矢を射かけさせろ。あの目をねらうんだ。それからゴーラ軍には、退却の太鼓を！」

「か、かしこまりました！」

「リー・ムー軍にも伝令を出せ。こっちにかまわず、そっちの戦いを継続しろとな。こっちのことは気にするなと。いいな」

「はいっ」

「もし、目でも駄目ならもう……あとは、きゃつらに……そうだ、油！……くそ、そんなにたくさんの油、持ってねえし、これから手にいれてるひまもねえか。くそっ」

イシュトヴァーンは激しく片手のひらに拳をうちこんだ。小姓たちを安心させるようにそちらにうなづく。

「大丈夫だ。それが駄目ならまだなんか考えつく——何がどうあってもなんとかしちまう……それがイシュトヴァーンさまだッ。心配すんな、まだなんぼでも手だてはあらあ。……それにしても……」

あらためて、感じ入ったかのように、つくづくとイシュトヴァーンは怪物を眺めた。

「でけえッ——なんていう怪物なんだろう。こんなやつ、見たこともねえや。……そもそも竜だって、本当にいるとは知らなかった——東国の、伝説の、吟遊詩人の話のなかに出てくるような化物でしかないとばかり思ってたのにな。……けど、まあ……ただの竜じゃあるまい。どちらにせよこんなところに突然あらわれて……こんなでかいやつが、いったいどうやってあんなにいきなりあらわれたのか、例の魔道師どものいう《閉じた空間》ってやつかもしれねえが……だとしたら、これはもう間違いなく、パロのあのくされ魔道師どものしわざだな……」

「弓兵部隊が到着いたしました！」

マルコが知らせにかけこんでくる。イシュトヴァーンは、火矢を用意させ、まずとりあえず退却の太鼓を叩かせてゴーラ兵たちを無益な戦いから引き上げさせると同時に、火矢をかまえて弓兵隊を前にださせ、親衛隊の騎士たちに援護させた。兵士たちが退却するのを、竜の怪物たちはそれほどしつこく追いすがろうとしなかった。すでにあたりにはるいるいとゴーラ兵の死体や負傷者たちが散乱している。それを、竜の怪物はふみにじりながら歩き回っている。恐しい光景だったが、イシュトヴァーンは目を細めて、じっとそのようすをにらみつけていた。

(きゃつら……じっさいには、かなり知能が高いようだが……こっちの攻撃の意図くらい感づかないだろうか?……なんだか、きゃつらも妙に……不自然な感じがするな。あのあらわれかたといい……)

「火矢、放て!」

号令がかけられ、火矢がいっせいに、その竜どもにむかって切って放たれる。効果は絶大であった。訓練された弓兵の火矢が竜の怪物の目めがけて飛んでゆき、はずれたものも、下におちて死骸の着衣や、そのへんの立木にたちまち燃え移って、火がごうごうと燃え上がりはじめる。竜たちのあいだにパニックがおこっていた。

「おお、陛下! きゃつらが逃げてゆきます!」

竜たちは、まっすぐに、あの、国境線のすぐ手前に陣取っていた謎の軍隊めがけて退却をはじめている。互いを呼び合い、のろのろした動作で、ゴーラ兵たちの死体を踏み越えて退却してゆくようすだ。

「いかがいたしますか」

「追え」

イシュトヴァーンはちょっと考えてから断を下した。

「もしもあいつらがあの軍のよこしたものなら、あいつらが逃げ込むのを追ってゆけばあちらの軍が応戦するだろう。……追って、そして相手の出ようを見てやるんだ。急げ、追撃だ」

「かしこまりました！」

たちまち——

親衛隊は命令一下隊列を組み替えた。すでに訓練のゆきとどいたゴーラ兵たちは突然あらわれた竜の怪物にやられたいたでをのりこえ、隊列をきちんとととのえなおし、一隊は負傷者と死体の収容に残り、残るものがイシュトヴァーンを先頭にまっしぐらに、北へむかって街道とその周辺を逃げてゆく竜の怪物どもに追いすがってゆく。

（くそ……）

その先頭にたって馬を走らせながら、イシュトヴァーンは奇妙なことを考えていた。

（火矢をいかけても……追い払うことはできたが、一匹もきゃつらを倒すことはできなかったな。いったい、どういう攻撃のしかたをもってすれば、あの化物を倒すことができるんだ？　この俺の渾身の一撃だったら、きゃつらのあのウロコのなかにも食い込むことができるのか？　それとも駄目なのか？　それほど固いウロコだとしたら……目か、口のなかなら、だがそれほど鍛える方法はなかろうし……それとも、もっと何か……もしもこのさき、パロ軍と戦うっていうのが、ああいうやつらが出てくることだとしたら、なんとかこっちも応戦のしかたを考えておかねえと、何よりもまず、うちの連中の士気が落ちてかなわねえ……)

ふいに——

前方から、激しい怒号とも、ときの声ともつかぬ喚声がおこりはじめた。

「敵軍だな！」

イシュトヴァーンははっとおのれの物思いを振り払った。

「陛下、敵軍が応戦の構えを見せております！」

「よし、戦闘体制だ！」

「おそろしくよく訓練されています！」

マルコは、思わず感嘆の声をあげた。

「いったいどこの軍隊でしょうか？　パロにこんなに訓練された部隊が隠してあったんでしょうか？　パロといえば、武よりも文の国として、あまり武のほうにはすぐれていない、というのが定評だと思っておりましたが……」

敵軍は、先頭に三騎、その次が四騎、その次が五騎、というように、すそひろがりになる鏃形の陣形をとり、さらにそのうしろに後衛がひかえてみごとな布陣ぶりを見せている。マルコのいうとおり、信じがたいほど訓練のゆきとどいた軍勢だということは、イシュトヴァーンにもただちにわかった。それも非常に勇猛な、死をおそれぬ精神で鍛えられた軍隊だ。馬のあやつりかた、刀のかまえかた、一糸乱れぬとはまさにこのことかという、隊列がすべてひとりの騎士ででもあるかのようなみごとさで動いているのがここからでも――いや、遠目にはなおのこと、まるですべてがひとりの巨大な戦士ででもきてでもいるかのように見える。。

「おおッ、あの動きだけでもわかる。これは敵ながら大したもんだ。ぞくぞくするな！」

イシュトヴァーンは満足心をくすぐられたかのように怒鳴った。

「パロにもこれだけの軍隊が出来るようになったってことだな！　あの竜どももといい、ずいぶんと変わったもんだ――だが、これでこそ相手にとって不足なしだ。よし、やってやるぞ！　こないだの連中とはえらい違いじゃねえか。これでこそいくさだよ。さあ、ついてこい、マルコ――こっちだってゴーラのイシュトヴァーン王の誇る親衛隊だ、その戦いぶりをきゃつらに見せてやろうじゃねえか！」

3

「陛下！」

最初に、するどい声を立てたのは、グインのすぐかたわらにあって馬を歩ませていた、《竜の歯部隊》の隊長、ガウス准将であった。

「あれは何でしょうか？」

「ウム。全軍停止」

「伝令、全軍停止！」

グインの部隊は、いずれもこれまでの訓練のたまもの、全世界でもめったにこれほど訓練のゆきとどいた軍隊はないというくらい、命令の伝達とそれがおこなわれる速度はみごとなものだ。

黒竜騎士団、金犬騎士団の精鋭も当然だが、それに加えて、《竜の歯部隊》はグインにとっては手足同様に動く完全な別働隊、グインのみのための「生きた兵器」として鍛え上げられた特殊部隊である。

グインは、ユラニアからの二度目の遠征から戻って以来、みずから各騎士団から志望者をつのり、千人ときっちりと人数を限定して、みずからの手によって武術をも、またほかのもろもろ、馬術だの斥候の技術だの、それ以外にもなぜか語学だの、医学だの、といったものまで、みっちり身につけるよう厳しく鍛え上げたのだった。その後グインがキタイへシルヴィアを求めての遠征に出たあいだには、残された責任者たちがこの部隊をあずかって、休む間もなく鍛え上げたので、グインがケイロニアに戻ってきたときには、この部隊は、グインにとっては本当にもっとも信頼できる右腕となっていたのだ。

その後、二期の予備部隊として同数の一千をあらたに育てているが、それは今回はともなってきていない。しかしもしも今回の遠征で欠員が出れば戻りしだいただちにそこから補充して、つねに同じだけの訓練を受けた者がそこにひかえられるようになっている。

魔道師の情報網にも劣らぬ素早い情報の入手とその伝達、そして命令系統の整備と充実、頭であるグインと一心同体といってしかるべき動き——それが、グインが理想としたこの精鋭のなかの精鋭《竜の歯部隊》であった。

むろん、その名は吟遊詩人のサーガに伝える、水の国ハイナム第一王朝の創始者、竜王ナーガ一世が、竜の血をひく帝王であり、竜の歯を地面になげたところこの世でもっとも強力な軍勢が生まれた、という故事に由来している。それをひきいる初代隊長である准将ガウスのもと、百人づつの中隊、さらにそれが十人づつの班にわけられて、一瞬にして一番下まで命令がゆきわたるよう訓練されている。

　ガウスが全軍停止を命じたときにはもう、すでに斥候が前方の確認に飛び出していた。

「陛下」

　ガウスと並んで馬車の歩みをひかえて待っているグインのもとに、斥候の報告がもたらされてくるのに、五タルザンとはかからぬ。

「奇妙な怪物がこちらにむかって参ります。竜頭人身をもち、よろいとマントを身につけ、騎乗はしておりませんが、下半身は……人間よりもまた、馬とかそちらのものに近いように見えます。かなりの早さでこちらにむかって街道をやってきますが、その数はおよそ六十から百のあいだくらい、そしてそのうしろに、かなりの数の、所属のわからぬ軍勢がこちらにむかってきます。最前斥候が見かけてご報告した例の軍勢です」

「ウム」

　グインは、ほかに何も云わぬ。じっと、斥候の残りのことばを待っている。

「軍勢のほうはかなり殺気だっているようです。戦闘態勢に入っているようすで、こちらに向かってくる先頭の部隊は完全に剣をぬき、攻撃のかまえを見せています。竜頭の怪物と一味であるのかどうかはよくわかりません」

「ガウス。全軍第三陣形、カシスの矢の陣形をとらせよ」

「第三陣形、カシスの矢の陣形。了解いたしました」

ただちに伝令が、ガウスのうなづくのをみて走り出す。「第三陣形！」と叫びながらうしろに向かってかけぬけてゆく伝令の、その声が届いた瞬間に、各部隊がいっせいにおのれのポジションにむかって動き出すのは、いつ見てもきわめてみごとな光景であった。《竜の歯部隊》は、伝令の伝達に対して、疑問も抱かず、理由もきかず、まずそれにもっともすみやかに従うように訓練されているのだ。

「さらに第六中隊以降は後衛となって二段ぞなえの陣形をとれ。つまり全体としては、やや後方の下がった、ドライドンのさすまたの陣形だ」

「やや後方の下がったドライドンのさすまた陣形。心得ました」

次の伝令がただちに出発してゆく。グインは窓から小姓に声をかけた。

「俺の馬を」

「かしこまりました！」

「陛下がお出になるまでもございません。まずは、我々が」

ガウスが云う。グインはうなづいた。

「一応そなえはしておくが、俺としてはまだあまりこの豹頭を見せたくない。とりあえず、敵の出かたを見ろ。あまり一気に戦闘に突入してはならぬ――が、むろん、攻撃されたら応戦せよ。竜頭の敵については……」

「魔道の何かでしょうか？」

ガウスはあまり気にとめておらぬようだ。

「もしかすると、キタイで俺がぶつかったことのある《竜の門》と呼ばれる奴等かもしれぬ。だとしたら、それはまぎれもなく、キタイ勢力がパロに入っているということだ。だがわからぬのは、これからレムスと会談するためのこの微行に対して、《竜の門》をさしむけるというのは……護衛に迎えにきてくれたわけでもなさそうだな」

グインが笑いを含んでいう。ガウスは心配そうな顔をした。

「どこまでひきつけてから応戦いたしましょうか。あちらが攻撃してきてからだと、少少こちらが後手をひく気がいたしますが」

「《竜の門》というのは妙な連中で、まことには何者なのか、本当に竜頭人身の種族なのか、それともキタイの竜王の魔道によってあのような姿にかえられているのか、それともただそう見えているというだけのあやかしなのか、もうひとつ俺にも断言できぬところがあったように覚えている」

グインは記憶をたどるようにうなづいた。

「が、いずれにせよそのうしろの軍勢はこちらを攻撃の構えを見せているとさきほどの斥候も報告していた。攻撃されたら応戦しろ。ただしうかつにはこちらからは仕掛けるなと弓兵隊に連絡せよ。さらに、竜頭人身の怪物どもが突進してきて、こちらを襲ってくるようなら……」

「はい」

ガウスが緊張したおももちでグインの豹頭を見上げる。

「いったん、兵を二つにわけ、まんなかを通してようすを見ろ。そのままこちらを見て足をとめて攻撃してくるようなら、そのままこちらも反撃に転ずる。ただし、きゃつらにはおそらく通常のやりかたでは歯はたつまい。近距離の戦いにもちこまぬよう、近づけぬように矢ぶすまを作り、ことに目と口の中にむかって矢を射かけて遠くから攻撃し、殺到してきたらまたひいて遠巻きにしろ。それでだめなら、敵の数は少ない。一騎づつ多めの人数で十重二十重に取り囲んで、車がかりに攻撃してみるように命じよ。それも極力、かかる者は前の者が攻撃した同じ部位をねらうようにつとめ、同じ場所をしつこく何回も攻撃してみるのだ」

「かしこまりました」

ガウスは伝令に詳細にグインの命令を伝えに離れていった。グインは馬車の窓を大きくあけはなって、外のようすを見た。

「陛下、ひきつづいてのご報告であります。竜頭の怪物は、どうやらさほどの戦意はないようです。こちらを威嚇して道をあけさせようとするように見えましたので、そのままご命令のとおり道をあけると、そのまましろへ向かって駆け抜けてゆくもようです」

「もしもそのままこちらにかかってこずに逃走するようなら、しんがりの第十中隊に少し離れて追撃させ、どこへゆくか調べさせよ。ただし、深追いはするな。パロ国境をこえてゆくようならそこで引き返せと伝えよ」

「かしこまりました」

グインは、馬車のなかに用意してあった、国王としてのそれよりもずっと短く軽い、しかし丈夫な革の戦闘用のマントにかけかえ、腰に大剣をつるし直し、馬車の外に出た。外はもうかなり暗くなっているが、その闇のなかにも雄渾な体格をただちにそれと見分けて、どっと、あたりを固めているケイロニア兵のあいだから歓声があがる。

「マルーク・グイン！」

「マルーク・ケイロン！」

その声もしかし、グインがかるく右手をあげただけでぴたりと止まる。

グインは、夜とはいえ遠くからでもよく目立つおのれの姿が、いまだ何者とも知れぬ敵軍の目に入らぬよう、急いで必要な命令を次々に下すと、そのまま用意させた床几に腰をかけた。松明はともさせず、あたりはうす暗い街道筋の闇のままだ。

ここに同行してきているのは《竜の歯部隊》の一千のみ——副将のゼノンもトールもワルスタット侯ディモスもその微行には内心大反対ではあったものの、グインへの信頼と、さらに、レムスとの会談、という特殊な目的のためとあって、やむなくそれを認めた。

(そのかわり、もしも期日までにお戻りにならぬ、あるいは定期的に頂戴できるはずのご様子の報告の使者が一回たりともとぎれようものなら、残る全軍をひきいてゼノンがパロ国境に侵入いたしますので、そのおつもりで)

なかば恫喝するが如くにそう、残った武将たちから申し渡されている。その上での、パロ国境への隠密のうちの進出である。

「陛下」

ゼノン、ディモスらにかわって、今回の微行の右腕としてかたときもグインのかたわらをはなれぬガウス准将が、急いで戻ってきて、グインの座っている街道わきの草地にやってきた。

「あの軍勢についてはいろいろといぶかしいことがございます。まず、まったく旗や紋章など身元のわかるようなものをつけておりませんし……」

「それは、こちらも同じことだ。ガウス」

グインが低く笑う。

「それはそうでございますが……しかし私どもとは人数がかなり違いますし。それに、どうも、しかしようすをみていると傭兵とも思われませず――といって、わざわざ会談のための場所とシュクの砦を設定して陛下のご出陣を要請したレムス王が、そうして襲ってくるというのはちと考えにくく——レムス軍なら、たとえこちらが旗や紋章をつけておらずとも、時期的にわが軍とはわかりそうなものですし……」

「あの竜の怪物と、うしろからくる軍勢とは、必ずしも一味ではないのかもしれんぞ」

グインは云った。ガウスがはっとしたようにグインを見た。

「と、申されますと」

「あの竜どもはそれほど数も多からぬ。あるいはあの軍勢を襲って、それがしりぞけられてこちらに退却してくるのかもしれぬ。それをあの軍勢がうしろから追っているとも考えられる。それならば、竜頭どもに戦意はないはず、それゆえ、いったんまんなかをあけて通してやってみよといったのだ」

「はあ……」

「が、もしもきゃつらが襲いかかってくるようなら——まさに、お前のいうとおり、わざわざレムスが会いたいと言い出して使者をよこし、シュクという場所も設定してあらためて迎えを出すといってきたことだ。あの竜頭どもがその迎えとも思えぬし、あのうしろの軍勢がそうとも思われぬ。といって、あのうしろの軍勢がレムスの罠であるとも俺は必ずしも思わぬ」

「で、では……」

「もうひとつの軍勢が、ちょうどあのくらいの人数で、このくらいの時期に、このあたりにさしかかっているはずだからな」

グインの声に、かすかに含み笑うひびきが加わった。

「え……」

「ゴーラ王イシュトヴァーン率いる軍勢だ」

「おお！　私もそれは考えないではございませんでしたが……」

ガウスは緊張したおももちで、

「しかし、もしそれであれば……イシュトヴァーン王の本意はいったいどこに……」

「問題は、それだな。イシュトヴァーンに、まともな本意があるかどうか、ということだ」

グインは云った。斥候がかけこんでくる。

「申し上げます。竜頭の怪物どもがわが軍の先鋒付近に到着いたしましたが、ご命令のとおりふたてに別れて通してやったところ、わが軍には襲いかかることなく、ようすを見つつそのあいだをまっすぐに駆け抜けようとしているように思われます。ただし、いつなんどき襲いかかってくるかわからぬこととて、依然としてわが軍はおおせのとおりの陣形をとりつつ遠巻きにようすをうかがっておりますが……ごく少数でございますし、いくらかは、傷ついたものもおりますようで、あきらかに、逃走の途中と見受けられます」

「やはりな」

「後続の軍勢に追われているのではないかと第一中隊のカリス隊長が、この推測を陛下にお伝えせよとのことでございました。……後続の軍勢はその数およそ一万ばかりですが、そのさらにうしろにも同数かそれ以上、旧街道を中心として前後左右にひろがっているように見られます。ここからでは、正確な人数を算出するのが、立木などが多くなかなか困難でございますが……」

「いや、それはいい」

グインは大きく首をふった。

「もしもあれがゴーラ軍なら、その数三万とすでに知れている。どちらにせよ、ここでいかに我々――《竜の歯部隊》が勇猛だとしたところで、一千では勝ち目がなさそうだな、ガウス」

「そうでしょうか。それは、やってみなくては何とも」

ガウスは不服そうだ。グインは笑った。

「はやるな。そのうち、いくらでも《竜の歯部隊》の名を世界にとどろかせる機会はある。――それに、今回の目的はレムスに会うことであって、イシュトヴァーンと戦うことではない」

「相手方に、こちらがケイロニア王グイン陛下の軍勢であると伝え、ないし使者を送って、ほこをおさめさせましょうか」

「いや」

言下にグインは云った。

「それもせぬ。……おそらくこれもまた、ごく自然のなりゆき、偶然の結果ではないぞ、ガウス。――イシュトヴァーン軍が自由国境から、パロ国内を目指していることは確かにわかっていたが、このあまりにもぴったりとはまった偶然の一致でここでわれわれの軍とぶつかるというのは――出来すぎというものだろう。それに、本来ならばあちらの軍はこっちを向いてくる理由がない。もしもクリスタルを目指していたにせよ、あるいはマルガを目指していたにせよ、先行していたのだったら、こちらに引き返してくる理由はまったくないはずだ。よしんば考えがかわったか、事情が出来たとして本国へなり国境外へなり引き上げるにせよ、それならば我々の軍をみたらむしろ道をそれるだろう――だが三万の軍を連れてくるからには、もうあちらもそれなりの覚悟があるはず、また、そう簡単には引き上げまい。……それがこうしてこちらに向いて突進してきてこちらとぶつかるというのはやはり、あの竜頭の怪物どもに襲いかかられ、それによって被害が出たために逆上して追撃してきているということだろう。――そしてこちらが街道にいるのに気づいて、おそらくは我々が何者かわからずに、こちらが攻めてかかれば応戦するし、そうでなくば——という様子見の段階にいるのだろう」

「そんなところでございましょうか」

「竜頭の怪物……あれがまことに《竜の門》なら——レムス王に本当にヤンダル・ゾッグが憑いているのだとしたら、何のためにそのような手のこんだまねをして、われらがここを通りかかるまさにこの瞬間を見計らったように、ゴーラ軍をこちらにおびきよせるような真似をするか、だな」

「あ……」

「それをやった者が、ケイロニア軍とゴーラ軍とを——というよりも、もっとはっきりいえば、グインとイシュトヴァーンとを衝突させたい、とたくらんでいるのだろう、ということは容易に見当がつく。……俺の知りたいのは、だが、それをたくらむのが、何者で、そしてその目的は何か、ということなのだな、ガウス」

「は——御意……」

「むろんレムスがそうたくんでいるのかもしれぬ、という考えも俺はまだ捨ててはおらぬ。すべての可能性は、はっきりと否定されぬうちは捨て去るべきではないし、またはっきりと証明されぬうちは信じるべきではない、というのが俺の考えだからな。が、グインとイシュトヴァーンとを正面から戦わせてみたい、と思うであろう者というのはまた——現在の情勢というものを考えに入れなくてさえ、俺のほうは容易に——実に容易に何通りも考えついてしまうのでな」

グインは含み笑った。

「それはもう単純に、この二人が戦わばどうなるのか、ごくごく単純に、いったいどちらが強いのか、それを知りたい、と思うだけのものさえもいくらでもいようしな。……俺がもしも俺でなくば、俺でさえ、それをぜひとも知りたいと思うところだぞ」

「ご冗談を……」

ガウスも思わず笑った。が、こんどはグインの目は笑ってはいなかった。

「むろん冗談だが、存外に冗談だとばかりも云いきれぬやも知れぬ。……イシュトヴァーン自身がどう思うかはともかく、いずれはどちらにもせよ、なんらかのかたちでは……」

グインは途中で口をつぐんだ。ガウスはあえて追及しなかった。

「それでは、あの竜頭の怪物のうしろからやってくる軍勢はほぼ、ゴーラ王イシュトヴァーンのパロ遠征軍とみて間違いなしとお考えでございますか」

「ああ。だがこちらはあるていど、たえず諸国の軍の動きをつかんでいるが、イシュトヴァーン軍はしばらく自由国境に出ていたはずだ。そのあいだもむろんあるていどは斥候は出しているのだろうが、こちらほどは各地のもろもろの動きをつかめているはずはない。ことにレムスとの会談については、それこそ魔道師でもが精密な網を張っておらぬかぎりはなかなかにかぎつけきれまい。あちらが、こちらをいったい何者なのか、きわめて不安に思い、また非常に怯えていたとしても不思議はないな。まあ、数ではかなり少ないと安心はしているであろうにせよ、イシュトヴァーンの軍ともなれば、こちらの構えを見ただけでもあるていど鍛えられた軍勢だとはわかろうからな」

「どう——なさいますので」

「そうだな」

グインはまた笑った。

「どうしてやるかな」

「ご冗談を……」

「ああ」

こんどは、グインはもっと大きく笑った。

「とりあえず、逃げるか」

「なんとおおせになりました」

「こちらは一千、あちらは三万だ。勝負にもなるまいし、とりあえず逃げるとするか」

「逃げ……国境をまた越えますので？」

「だが、レムスとの会談の日時は明日に迫っている。いったん取り消したりすると厄介なことになるだろうな」

「………」

「あれでレムスもいろいろとかんぐるたちだろうし……といって、あの竜頭の怪物がレムス側の放ったものであるという可能性も皆無とは言い切れぬしな」

「あのう」

ガウスはためらいがちにいった。

「イシュトヴァーン王の軍勢であるかどうか、また、こちらが何者の軍勢であるかを直接に確認なさっては……さきほどは、却下なさいましたが、そうなさってはどうして具合が悪うございますので？」

「それはちょっと具合が悪いだろうな」

グインはまたちょっと笑った。

「どうして……」

「簡単なことだ。俺は、俺がここにいることを、きゃつに知らせたくないのだよ」

「あー……」

「というよりも、もっと正確にいえば、この出会い、というか衝突を仕組んだやつの、それが誰であるにせよそいつの手にそのまま乗っかってやるものか、という気持もあるのでな。――ここでケイロニアとゴーラとのあいだにあつれきの種がまかれることになれば、それはおそらく今後ともかなりひびくだろう。――どうせいずれは衝突せざるを得ぬだろう、ことにイシュトヴァーンがあの調子でずっと侵略戦争をくりひろげてゆくとすれば、とは思っているが、しかし、俺としては、それも含めて中原がどうすればもっとも早く平和におさまるかを模索したい。そのためにこそここにもこうして出張ってきている。ここで戦端をひらけばどうしてもこちらは極端に少数、どれほどわれらが勇猛であろうとも、いったんは退却することになろう。そうすれば、それを口惜しがって、ゼノンなりディモスなりトールなりも援護の兵をひきいて出てこよう。さすれば、パロ国境を舞台として一気にケイロニア－ゴーラ間の戦争がまきおこる。……そうなってしまえば、もともとのパロ問題などはどこかにふっとんでしまうだろうしな」

「それは、そのとおりで……」

「俺は、レムスではないだろうといったが……」

グインは大きくうなづいた。

「レムスと思わず、キタイの竜王ヤンダル・ゾッグと考えると、これはまたおのずと話が別になってくるな。ヤンダルとしては、俺のひきいるケイロニア軍と、イシュトヴァーンひきいるゴーラ軍が、合流してマルガ軍につかれては非常に困ることになるだろう。そうなれば、双方をぶつけあわせておくほうが、かれらとしては非常にうまい方策ということになる。そうは思わぬか」

「ああ！　それはまったくもう……」

「だからさ」

グインはまた笑った。

「とりあえず、逃げるとしよう。——もっとも、ここまできて国境外へ逃げるのもレムスとの会見のこともある。国境のこちら側へ逃げるとしよう」

「はっ……」

「退却の命令だ、ガウス。赤い街道からいったんはずれるぞ。めったに出さぬ、《竜の歯部隊》の切り札を見せてやれ——秘術、肩すかしと逃げ隠れの術だ」

4

「ああッ」

斥候の報告を届けようと駆け寄ってきたマルコが、かすかな驚きの声をたてた。それは、斥候を待つまでもなかった。

「陛下ッ。――竜の怪物どもが、あの軍勢のなかに……入ってゆきます」

「俺にも見える」

イシュトヴァーンは馬上でけわしい声をあげる。

竜頭の怪物たちが近づいてゆくと、そのあらての軍勢はさっとふたてにわかれてその怪物たちを、まんなかを通し――そのまままたすっとひとつにかたまった。そのさまが、イシュトヴァーンたちの目からは、いかにも、一味である怪物どもを迎え入れて、そしてまたこちらへの攻撃態勢に戻った、としか見えなかったのだ。

「やはり、あの怪物どもはあいつらの一味か！」

イシュトヴァーンは唸った。

「ということはほかの化物もひそんでる可能性もあるってことだ。気をつけろ、みんな」

「陛下、あちらは……おお、こっちに向かってくるようすを見せておりますが」

「応戦だ。そういっただろう」

イシュトヴァーンの声は険しい。数ははるかに少なくとも、目のまえでくりひろげられている、相手方の動きが尋常でない鍛えられかたをした、きわめて精鋭の軍勢だ、ということはイシュトヴァーンにはひと目でわかる。

おのれもさんざん、親衛隊を鍛え上げ、世界最強の軍勢めざして必死に訓練を繰り返していただけに、その相手のみごとな一糸乱れぬ動きをみていると、イシュトヴァーンの胸が騒いでくるのだ。

(これほど、みごとにこれだけの兵卒を鍛えあげられる武将は……パロになんかいるわけはねえ……とすれば……誰だろう? ケイロニア? まさか——だが、沿海州でも——ましてや草原のやつでもないことは確かだし……)

それは、一種、嫉妬、にさえ似ていたかもしれぬ。武将としての嫉妬であり、相手の力量への賛嘆にも似た嫉妬である。

「こちらへまっすぐに向かってきます!」

マルコの絶叫が、イシュトヴァーンを我にかえらせた。

「うしろの様子はどうだッ、リー・ムーのほうはッ」

目のまえに展開される怪異と、そして驚くべき出来事の連続に、ついつい、うしろでは友軍があの奇妙な一万の軍勢と必死に戦いをくりひろげているのだ、ということを失念しそうになる。ことに、あの一万のほうは、イシュトヴァーンが自分でぶつかってみて「まったくの弱敵」と思っただけに、なおさらのことだ。

「おお、そう、斥候のご報告を忘れておりました」

あわててマルコは、これまた目のまえの軍勢に気をとられかけたこうべをもとにもどした。

「リー・ムーからのご報告で、敵軍は簡単にくずれたち、またしてもシュクへむけて敗走をはじめている、追撃したほうがよろしいであろうか。とのことでありますが……」

「ううッ」

イシュトヴァーンはうなり声をあげた。

あの軍勢の正体をあばいてやりたい気持は当然ある。だが、いまや目のまえにさらに強力な、しかもあの竜の怪物どもをそのなかに飲み込んだという謎をもはらんだ一軍があらわれたのだ。たかが一千人かそこいらのように見えるとはいえ、一騎当千、ということがここからでもわかる。こちらから兵をさきたくはない。

それに、リー・ムーが追っている軍勢は、まっすぐにシュクのほうへ赤い街道を下っているのだ。こちらの軍勢は国境側を背にしている。リー・ムーの部隊に追撃させれば、イシュトヴァーンの本隊とまさに正反対の方向になる――つまりは、この大軍が、まっぷたつ、北向きと南向きに、背中あわせになってしまうのだ。

（もしかして……こいつが、この一連の襲撃の仕掛けかもしれねえじゃねえか……）

イシュトヴァーンにもそのくらいは想像する頭はある。というよりも、いかにも、この三万の軍をまずはふたてにわけさせてしまい、その力を半分にそいでやろうといわぬばかりのこのやりかただ。

「くそ……」

イシュトヴァーンは考えこんだ。だが、もはや、逡巡している時間はないこともわかっていた。

「えい、くそ。おい、マルコ、伝令だ。リー・ムーには一万持たせて、とりあえずシュクの手前までだけ追撃しろといえ。シュクには入るな――シュク近くにくれば、パロ軍が出てくるだろう。そしたら、すぐに引き返せ。俺はいま、レムス軍とずるずるにぶつかりたくはねえ」

「かしこまりました。で、本隊は」

「本隊はここにとどまらせろ。俺は、親衛隊をひきいてあの軍にあたってみる――あの軍隊とやってみてえんだ」

それは、思わずもこぼれたイシュトヴァーンの本音であったかもしれぬ。

「あんなみごとな布陣をするやつがどんな指揮ぶりを見せるんだか、見たくねえわけはねえじゃねえか」

イシュトヴァーンは思わずつぶやいた。

「俺だってあれだけ手足のように精鋭を動かせたら、もっとこの勇猛なゴーラ軍が世界最強になると思うものな。……おい、マルコ、本隊はここで、リー・ムー部隊、俺の親衛隊、両方の動きに目を配っていろと伝えろ。俺は一千ひきいて、きゃつと——誰だか知らねえが、まっこうからぶつかってやるぞ！」

「しかし、あちらにはあの竜の怪物が……」

「あれも、俺たちをあっちにおびきよせるおとりだったのかもしれねえ」

イシュトヴァーンは獰猛なうなり声をあげた。

「あんな妙なわざを使ったり、あんなシロモノを呼び出して使ったりするからにはパロ軍かもしれねえが、パロにあんな武将がいるなんて知らなかった。とにかく、ぶつかってやる。やってみなくちゃわからねえだろう」

「しかし……」

「いいから、ついて来い。行くぞ」

イシュトヴァーンは言い出したらきかない。

というよりも、じっさいにおのれの肌身で、相手が何者であるか確かめたくて火のかたまりのようになっている。マルコはあきらめて、親衛隊に合図した。親衛隊も、いまや遅しと動き出すのを待ちかねている。イシュトヴァーンが、先頭にたって馬腹を蹴るなり、いっせいにどどど——と大地を鳴らして動き出した。

もうすでにかなり暗くなってきていた。まだ月の出はない——このあたりには民家のあかりもなく、ちらほらとみえる夜空の星だけがおぼろげなあかりとなっている。本来ならば、もう、同士討ちの危険なども考えて、いくさ場にあってもそれぞれの軍が兵をひきはじめる刻限だが、イシュトヴァーンの軍勢は、夜も朝も昼もあったものではないよう、鍛えられている。命令があるまではあかりもともさぬ。

「十騎ごとに松明をつけろ。そいつを目当てについてゆけ。遅れるな」

イシュトヴァーンは伝令に命じさせた。相手の軍勢も、松明をつけたり、かがり火をともすようすがない。きっちりとまとまり、この暗さのなかでも、隊列を乱すこともなくこちらにむかってゆるゆると進んでくるようすだ。

「なんだか……無性に気になるな」

馬上で、もうマルコにもきこえぬままにイシュトヴァーンはひとりつぶやいた。

(こんなによく鍛えられた軍勢——パロにいたのか。これがもしキタイ兵だというのなら、キタイってやつも相当ばかにできねえ……本当は、ひるまによく相手を見極めなが

らのほうが無難なんだろうが……)

だが、戦争は時も場所も選ばない。あっちが夜目がきくように鍛えられていて、こちらが松明をともしていれば、こちらのほうが不利になることもわかっている。

(くそ、なんだか――気圧されるな……)

めったにそんなことは感じたこともないはずのイシュトヴァーンなのだが――

とにかく、斥候をしつこく出して、相手の動きをなるべく詳細に確認しつつ相互に近づいてゆくほかはなかった。相手からは矢をいかけてくるようでもない。

「しだいに、速度をあげながら、敵軍が近づいてまいります」

報告がきた。

「相変わらずやじり形の陣形をとっておりますが、後衛がどのようになっているかはここからですともう確認できません。先頭は四騎になっております」

「親衛隊の第一大隊に迎え撃つ体制をとらせろ」

イシュトヴァーンは命じた。

「続けて第二大隊、援護だ。第一大隊は俺がじきじき指揮をとる。第二大隊はキム、第三大隊をマルコが指揮して後詰を守れ」

「かしこまりました」

「もし、そこを破られたら……」

言いかけてイシュトヴァーンはいやな顔をした。おのれがそんなふうに、最初から防衛線が破られることを予想するなど、めったにないことだ、ということに気づいたのだ。

(くそ、本気で、けおされてやがる。――いったい、何をそんなに不安がってるんだ、俺は……)

それもまた、イシュトヴァーンの動物的な直感のなせるわざというものだろうか。これまで、いろいろなときにほとんどおそれなど、感じたこともない彼なのだが――

「陛下ッ！」

悲鳴のような声で伝令が叫んだ。

「参りました。まっすぐにこちらにむかって突っ込んできます」

「よーし。応戦――」

言いかけたとたんだった。

「大変ですッ」

次の伝令の金切り声がひびいた。

「どうしたッ！」

「敵――敵軍が、いきなりふたてにわかれ、街道をはなれました！」

「何だと」

イシュトヴァーンはくらつぼにのびあがった。

敵軍はすでにとっぷりと暮れた街道の闇のなかになかば沈んでいて、詳細は見えない。イシュトヴァーンはあえて、ねらいうちされるおそれをおかして、松明をかかげさせた。だが、よく見えぬ。

「陛下ッ。敵軍は、わが軍との正面衝突直前で左右にわかれ、街道からそれぞれ左右の野原へかけこんでゆきます！」

「外側からまわりこむつもりか！」

イシュトヴァーンは怒鳴った。

「松明をつけさせろ。目一杯だ。弓でねらわれる危険をおかしてでも明るくしろ。なるべくかたまりあえ。楯を前にだし、背中あわせにかたまって、両側向きに——えい、面倒くさい、だからつまり、背中をあわせて街道の左右を見張れ。本隊にもそうしろと伝えろ」

「はーッ！」

「この、暗いのに……」

わざわざ街道をはなれて左右にまわりこむなど、なんという面倒なことをするのだろうと、イシュトヴァーンは歯がみをした。

「よけいなことを……いっそう、迎え撃つのが面倒になるじゃねえか！　きゃつら、夜目がきくのか！」

「陛下、敵軍が——消滅しました」

次の報告を受けて、イシュトヴァーンは茫然とした。

「なんだと。もう一度云ってみろ」

「陛下、あの——こちらにむかってきた尖兵はおとりです。あれに目くらましをさせておいて、うしろの主力は街道をはずれて——国境方面へ引き返したか、それとも同じく左右の林のなかへまわりこんだか——いずれにせよ、われらの正面からそれました。竜の怪物どももきれいに消え失せております」

「なんだとぅ……」

イシュトヴァーンの上唇がめくれあがり、思わず彼は知らず知らず獰猛に歯をむき出していた。

「あれだけの闘気を見せておいて、きゃつら、最初から逃げるつもりだったというのかッ」

「陛下」

しんがりの指揮からはなれてマルコがあわてて駆け寄ってくる。

「追撃いたしますか。ふたてにわかれ、しかも街道をはなれて勝手のわからぬ暗い林の中へ降りてゆくことになり、かなり条件が悪うございますが」

「——いや、いい」

考えるまでもなく、イシュトヴァーンは不機嫌に怒鳴った。おのれのなかにみなぎってきていた戦気、闘気を一気に肩すかしをくらったような、いいようのない失望ともどかしさに、血が煮えたぎりそうだ。

「逃げやがったのか。くそ……いったい、何だっていうんだ……ここまでひとを引っ張りやがって……」

「リー・ムー軍が、追撃を断念して戻ってまいりました。シュクの手前にかなりの数の国境警備隊が出て防衛線を張っており、一戦交えることなくは追撃不可能と見たので、かなり手前で引き返してきたとのことです」

「それでいい」

イシュトヴァーンは素早くおのれの気分を切り替えた。このまま、ここにはまりこんでいると、えたいの知れぬ敵の罠にかかるだけのことかもしれぬ、とおのれに言い聞かせたのだ。

「どうも、気にくわねえ。……このあたりのこの動き、全面的に気にくわねえ。パロのやつらにせよ、そうでねえにせよ……おい、今夜は夜営はやめだ。ここは移動するぞ。全軍にそう伝えろ。いったん、西へ、エルファのほうへ出る」

「は……」

「もしかすると、あの変てこな一万の軍勢もみな、ここへ我々をおびき寄せるための罠だったかもしれねえ。とにかくここから離れる。もう、なるべくエルファも大まわりして、自由国境まで出て遠回りしてでもいいから、レムス軍と遭遇しねえ方向で、マルガを目指して下るぞ。今夜はゆっくりとでも夜通し移動するからそのつもりでいろと皆に伝えろ」

「かしこまりました」

「みんな若いんだ。一晩くらい寝ねえでも平気だろう」

「もしも、エルファに移動する途中でさきほどの、街道をそれた軍勢の移動にぶつかりましたら……」

「それはもうそんときのこった。いいか、行くぞ――すみやかに街道をはなれろ。リー・ムー軍はたぶんもうレムス軍に見られてるんだろう。その、国境警備隊にだ。きゃつらが追ってくるまえに街道からはなれろと伝えろ。――もう、見られてりゃあどちらにしても追ってくるかもしれねえが、そのときには応戦してもかまわん。こんな夜にでもあっちがうちかかってくるようならな。くそ、何がなんだかわからなくなってきたぞ」

それはイシュトヴァーンにしてみれば正直な本音であったかもしれぬ。

グインの読むとおり、イシュトヴァーン軍のほうはサンガラでかなり攪乱され、それからイレーンに立ち寄り、しているあいだにかなり、パロ周辺の動きからいったんはなれてしまっていた部分があった。イシュトヴァーンも長年の経験からきわめて情報というものが重大だと身にしみて、これまでのユラニア軍、モンゴール軍では考えもつかぬほどに多数の情報将校、情報部隊を設定し、どんどんたえず斥候も送り出してはいるものの、その機構は、グインが作り上げたものほどはまだとても整備はされていない。もともとがそういう考えのなかったユラニア兵を中心にして作った軍隊なのだ。

ましてや、パロのように、魔道師という専門技術者を擁して精緻な情報網をたえず維持する、などということは不可能である。イシュトヴァーンが収集できるのはせいぜいが、遠くて十モータッド、時間的には一ザン内外までの情報までにすぎぬ。それよりもはなれたところの状況を知りたいときには、もっと時間がかかってしまうので、その分情報は古くなる。グインは《竜の歯部隊》の情報部隊と伝令専門の飛燕騎士団の双方を使って、たえず前方、左右のようすを斥候させ、さらにそれよりも遠くへも斥候をあらかじめ送り込んでのろしや合図などで状態を報告させるようにしていたが、イシュトヴァーン軍にはそこまでの組織はない。ことに、サンガラの山中では、本隊も移動を続けていることとゆえ、斥候を送り出すのもごく近い地域に限られる。サンガラにいるあいだに、イシュトヴァーンのほうはかなり、パロ国内の状況からは離れてしまっている。

そうでなければ、当然あの鍛えられようからして、あの一千の軍勢が、あるいはやはりケイロニア王グインの率いるものでしか、ありえないのではないかと読むことも出来ただろうが、そのまえに、その軍勢のなかに駆け込んでいったあの竜頭の怪物たちにも、イシュトヴァーンたちの意識はおおいに攪乱されていた。

あのなかに逃げ込んでいったのだから、あの軍勢と竜頭の怪物は一味でしかありえない、とあたまから信じてしまったのが、イシュトヴァーンたちの――というか、イシュトヴァーン当人の、最大の誤解であったと云える。が、イシュトヴァーンの名誉のためにいうならば、その状況では、誰が見ても、そう思ってしまうに決まっていたかもしれなかったのだが。

いずれにもせよ確実なのは、あの一千の敵軍が、たくみにイシュトヴァーンの受けて立とうという闘気をそらし、肩すかしをくわせて、かれらの前から消え失せたということであった。夜陰に乗じて、いかにもこちらにむかって殺到するとみせかけ、その直前で左右にそれる、というごくごく簡単な方法で一隊がイシュトヴァーンたちの目をひきつけているあいだに、うしろの本隊はまんまと行方をくらませてしまったのである。じっさいにこちらに向かってきたのは、いいところ百人くらいの別働隊だったのだろう。

（くそ……それにしても、この暗いなかで、なんてよく訓練されたやつらだ……）

その命令の趣旨をそれだけの人間たちに伝えるにしたところで、長年きっちりと鍛えられた伝令系統がなければ不可能だろうし、その暗くて足場のわるい林のなかへいっせいに散っていって、あとで本隊と合流することだって大変な難儀だろう。このあたりは人家もない。街道をはなれれば、あかりひとつ、そう簡単には見いだせないのだ。

（くそ、あれだけの軍隊——ちょっと、戦《や》ってみたかったな）

（あんな動き——見たこともねえ。あまりに訓練されすぎてる——くそ、やはり、あいつだろうか？　いや、だが……）

グインが竜頭の怪物などを使うわけもないし、また、ケイロニア王ともなれば、敵中をあれだけの人数でここまで堂々とやってくるわけもない。その思いが、イシュトヴァーンをいっそう混乱させている。一千、というのはあまりにも半端な数だ。

（だが——レムス軍だとすれば……）

「陛下！」

ふいに——

おそれていた、報告の声がイシュトヴァーンを混乱した物思いから我にかえらせた。

「陛下、リー・ムー軍から報告であります！　パロ国境警備隊が、兵を出して、リー・ムーの部隊を追撃しております。停止命令が出されたとのことですが、リー・ムーは無視して本隊と合流すべく街道を北上しつつあります。リー・ムー将軍より、いかがいたしましょうかとのことです！」

「来やがったか……」

イシュトヴァーンのおもてがみるみるけわしくなった。

「ヨーシ、もう、構うこっちゃねえ。夜だろうがなんだろうがかまうこっちゃねえ。はじめてやろうじゃねえか。もう、こっちもくさくさしてたんだ。リー・ムーに伝えろ。応戦するぞ。パロ国境警備隊に正面からぶつかってやろうじゃねえか」

カメロンがいれば、なんといったか——

だが、もう、ここには、イシュトヴァーンをとどめるものはマルコしかいない。それに、そのマルコにせよ、せいぜいが、あまりに無茶をせぬように、とくりかえしいさめるくらいが限度で、それ以上は、イシュトヴァーンのほうが耳にもいれぬ。

「どちらにせよ、俺たちはマルガのカレニア政府への援軍をするためにやってきたんだからな。よし、戦闘開始だ。国境警備隊をうちやぶり、そのまま明日の朝になったらダーナムへ飛び込んでカレニア軍を応援してやろうぜ。ダーナムは雪隠詰めになってるときいてたからな。そいつを手土産にカレニア政府へ乗り込んでやるんだ。よし、全軍、散開するぞ。夜のあいだはあまり派手にはやれねえだろうが、どちらにせよ相手はたかがパロの国境警備隊なんだ、勇猛を誇るゴーラ軍がおくれをとるわけはねえ。——今夜一晩はうまくあしらっておき、朝になったら一気に叩きつぶせ。各隊長にそう伝達しろ。ただあの竜のバケモノにだけは気をつけろ。またどこかから突然出てきやがらねえでもねえだろうからな。——だがそれももう、お前らも一回見てるんだ。もうこれ以上、あんなこけおどかしなやつらに脅かされるな。いいな」

「は……」

なんと、ゆきあたりばったりな――

マルコはそう言いたそうな顔をした。だが、言い出したらもう、きかぬイシュトヴァーンであることもわかっている。

「おっと待った。ということはあの一万は……どうなったんだ？」

「リー・ムー軍からは、それについては何も申してきておりませんが――しかし、その一万がもしも国境警備隊ともめごとをおこしていれば、そのことは報告してくると思いますので……おそらく、あの軍勢もパロの……」

「やっぱりパロなのか？　それにしてもどうもわけがわからねえな」

イシュトヴァーンは一瞬考えこんだ。

だが、何かをふりはらうように首をふった。

「ああ、もう、考えるのはやめだ、やめだ。どちらにせよ、俺はきゃつらをやっつけさえすればそれでいいんだからな。もしもこのわけのわからねえいきさつが全部、この俺様をひっかけるための方策だったとしたって、知ったことか。とにかく勝ちさえすりゃあいいんだ。そうだろう？」

「それは……そうでありますが、しかし――」

「どちらにせよ、ここを通るときにゃモメるだろうってこたあはなっからわかってたんだからな。……力づくで押し通るぞ。それこそ、俺らしいやりかたってもんだろう。国境警備隊もそのわけのわからねえ軍勢も、ついでに竜のバケモノもぶっとばして、ダーナムへまわりこんでやろう。そしてダーナムの救い主としてカレニアへ乗り込むんだ。そうすりゃ、ナリスさまだって、俺の力を認めねえわけにゃいかねえ。そうだろう？マルコ」

「………」

やはり、イシュトヴァーンはうすうすは、あるいは認めようとしてはいないがはっきりと、ゴーラ軍が、カレニア軍にも、パロ軍にも、またケイロニア軍にも認められておらぬこと――それと組むことが全世界を敵にまわす、としてためらわれていることを知っているのだ――マルコは眉を曇らせてイシュトヴァーンを見た。ともかくいきなり有無を云わさず遠征軍を出してきたイシュトヴァーンの目的も、結局のところは、いまだどこの国からも正式には承認されておらぬイシュトヴァーン・ゴーラへの焦りにほかならぬことを、あまりにもはっきりと知ってしまったのだ。マルコはひそかに懸念のあまり吐息を飲み込んだ。パロ北辺国境に、夜はまたしても、戦さのなかでふけてゆこうとしているのだ。

第三話　対面

1

「ヒエッ」

シュクの町の西市門の門衛は、いきなり、頓狂な声をあげてうしろに飛び退いた。それも無理はなかった――まったく何の前触れもなく、この夜更けに忽然と、面頬をおろし、黒いよろいかぶとに銀色の伝説の竜の紋章をよろいの胸とかぶとのひたいに打ち、そして黒い長いマントをつけた騎士たちの一団が出現したのだ。――かれらは、ここまで到着して、そのあるじの命令により、これまでその紋章を包み隠してきた黒い布をとりはらって、その栄光ある紋章をあらわにしていたのであった。が、まだ旗指物は取り出されていない。

まるで、夜が凝って人のすがたとなり、突如出現したかのような軍勢の訪れであった。

いま、シュクに駐留している国境警備隊は、国境をこえて侵入してきたゴーラ軍を追って北の街道筋へと出撃している。まるでその間隙をたくみにとらえたかのように、この一軍は、街道をよけて、西側の門の前にそのすがたをあらわしたのだ。

「だ、だ、誰だ……何者だ」

狼狽して門衛は叫んだ。わらわらと門を固める警備隊が駆け寄ってくるが、黒い軍隊はいっこうにうろたえるようすもなく、黒い影のようにぎっしりと西市門の外側を埋めていた。かなりの数だ、と知って門衛の騎士はますます動転した。

「こ、国境警備隊を……」

「我等はパロ、クリスタル政権の主レムス一世のお招きをうけて参上したる者」

その門衛たちの驚愕をあざわらうかのように、門の前にあらわれた騎士のあたまかぶらしい小柄な騎士は、面頬をおろしたまま、明瞭に云った。

「レムス一世陛下からシュクにきたれとのおことばを受ければこそこうしてやってきた。レムス一世陛下におたずねあれ。我等はシュクの町を害せんがために訪れたる敵にあらず」

「お、お、お待ち下さい。何もそのようなお話はうけたまわっておりません。まして——このような時間に……」

門衛はようやく多少言語能力が回復してきた。時刻はそろそろ深更をまわる。このような大軍が突然あらわれる時間ではとうていない。

「それについては、あらぬご心配をかけるであろうこと、まことに申し訳もないが、いろいろと当方にも事情があり、このような仕儀となった。それについても、レムス一世陛下のおん前でとくとご説明したい、とわがあるじがおおせになっておられる。シュクの町のうちにレムス一世よりのお使いはおられぬか。シュクにて待つ、との御伝言はそらごとか。ただしは、そこもとたちのもとへまでは、この御伝言は到達しておらぬということか」

「お待ち下さい。いったい誰に……なんと、どのような……」

門衛のことばはまたしてもしどろもどろになった。そのときであった。

「お待ちいたしておりました」

ふいに、また、こんどはシュクの市門の内側から、門衛たちの心臓をでんぐり返らせるようなぶきみな声がひびきわたったのだ。同時に、あれほどかたく守られとざされて、決して内側から門衛たちだけが所持する鍵をあけねば開かれぬはずの大門が、まるで鍵などかけたこともなかったかのようにふわりと開いたのだった。思わず、門衛たちは悲鳴をあげた。

「ああっ。大門が」

「お控えあれ。お待ちいたしておりました、お客人のかたがた。――わがあるじは、シュクの手前、北アルムと申す小村にて、ひそかにお客人をお待ち申し上げております」

開いた大門のなかから、わきだしたかのように、いつのまにか、ひとりの黒衣の魔道師と、そしてそれのうしろに数人の魔道士たちがあらわれ、そこに控えていた。門衛の騎士たちはただ口をぱくぱくいわせるばかりであった。魔道師は、その門衛たちには目もくれなかった。

「これより、お客人を、北アルムの村にご案内させていただきとう存じますが」

魔道師は丁重にこうべをたれて云った。面頬をおろしたままの騎士――それはガウスであった――は、かるく頭をふって合図した。とたんにかたわらのもうひとりの騎士が、すっとうしろにひきさがって、伝令にいったものであるらしかった。

「それにしてもだいぶん遅いおつきでございましたので……わたくしどもも夕刻にはご到着になるものとずっとお待ち申し上げておりましたのですが……つい、もはや今宵はご到着がないかと目をはなしておりました。――申し訳ございませぬ。が、この深夜に街道なき西市門にご到着とは……」

「街道筋ではただいまさかんになにやら戦闘がくりひろげられているようす」

ガウスはつけつけと云った。

「その戦闘にまきこまれる愚をわがあるじは好みませなんだゆえ、このような方向からの登場となりましたが。あの戦闘については、我等よりもかたがたのほうがよくご存じなるかと」

「あれは」

魔道師はうっそりと頭を下げたままであった。

「あれもまた、少々予定のほかの出来事でございましたので……あのように、たけだけしきなりゆきになろうとは思いもよりませず——それにまきこまれることなくご到着にならられ、まことによろしゅうございました」

「ご案内を」

魔道師のことばにはかまわず、ガウスは厳しく云った。戻ってきた伝令が、馬車のうちのあるじのことばをガウスにそっとささやく。ガウスはうなづいて続けた。

「時がうつります。北アルムとは聞き覚えのない地名、そもそもシュクでのご会談とうかがっていればこそ、危険をおしてここまであえて来させていただきました。さらにその以前は国境をこえての会談でもご承知とうけたまわっていた筈——しだいに、本拠地クリスタルの近くに会談場所がうつってゆくについては、わがあるじもかなりの不審の念を抱いております。それについてのご釈明もあらためて伺わせていただきたいながら、ともかくもここにこうしてとどまっているはシュクの民びとへのおおいなるご迷惑。ご案内を」

「恐れ入ります」

魔道師のことばにかすかな苦渋の調子がにじんだ。

「それでは、ともかくもご案内申し上げます。……シュクの町をお通りぬけいただくはまたいろいろとうわさの種にもなりましょうほどに、旧街道筋を抜け、外まわりにて北アルムへ向かっていただければと存じております。まずは、こう、わたくしのあとから」

「………」

門衛たちは、口をあいて見送っていた。

まるで、すべては一場の夢ででもあったかのようだ。

一瞬にして、黒衣の魔道師たちに案内され、銀の竜の紋章を打った黒いよろいかぶとの一団は、夜の闇のなかにとけて消えてしまったかのような錯覚さえあった。

それほどに、かれらの移動はすみやかで、そして音もたてなかった。馬までも、無駄ないななきひとつ洩らさぬよう、鍛えに鍛えられているかのようだ。あれほど大勢の軍隊ではあったが、音もなく、次から次へと魔道師に続いて西市門をあとに、市門をぬけている新街道と平行して走っているさびれた旧街道のほうへと移動してゆく。――赤い街道は、どこの道筋も何回か大整備の手が入った時期があるゆえ、ほとんどのおもだった街道筋には、必ず近くに細い旧街道が平行して走っていたり、大きく迂回する別の道が沿っていたりするのだ。

黒い一団のまんなかあたりに、窓に黒い布を内側からはり、厳重に守られている、巨大な黒い馬車が一台、四頭の馬にひかれているのが目についたが、それも一瞬にして通り過ぎた。あとは、またそのまわりをしっかりとかためる黒い軍勢があとからあとから、夜のなかを流れてゆくばかりだ。

ものの半ザンもたたぬうちに、まるで、そんなことはおきもしなかったとでもいうかのように、シュクの西市門のまわりは森閑となった。門衛たちは、まるで幻影を見たかのように茫然としながらも、いまのこのできごとについては互いに感想や推測をしゃべりかわそうとさえしなかった。うすうすはどういうことであるのか見当もついたし、また、いまや、クリスタルに近い、クリスタル政権に所属する町々のなかでは、この謎めいた王国の所有者に対する、非常な恐怖心と畏怖心がつのってゆきつつあったのだ。レムス王の部下の魔道師はどこにでもひそんでいて、地獄耳でどこで誰がうっかり洩らそうとも、レムス王に反対し、あるいは反逆するようなことばを吐いたものを許さない――その、おそろしいうわさが、このところどんどんひろまりつつあるし、また、いまのこのひと幕も――「突然あらわれた魔道師たち」のやりとりが、そのうわさを何よりも証拠だてる役にたってしまうことだろう。

（おそろしや、おそろしや）

（ということは……いつなんどき、何を口にしても、国王様には聞かれているかもしれんということだな）

（めったなことは何にも云わんことだな）

その目くばせだけをとりかわして、門衛たちは、まったく何事も、ふだんの夜と異なったことなど起こってはいないかのようにまたもとの任務についていたのだった。

シュクの町は、深い夜のとばりのなかに沈んでいる。街道もすでにもうひっそりとしずまりかえり、その先で激しい夜の戦闘が繰り広げられている、などということを暗示するなにものもこのあたりからは感じられぬ。戦闘の物音も、松明の激しく動くあかりも見えぬ。このあたりはけっこう、たいらなようにみえて、小さな丘陵や林、森などが見通しを悪くしているのだ。そのせいもあっていっそう、あの幻の軍勢は、突然闇のなかから生まれ出たようにも見えたのだった。

それにしても、先にシュクの町めがけて逃げ込んでいったはずの一万の軍勢はどうなったのか——そのような大軍が夜半に市門を通れば、やはりたとえそれが同国の軍隊であろうとも、それなりの大騒動がおきているはずだが、シュクの町はまるで死に絶えたかのようにひっそりとしずまりかえっている。どのみち人口もさほど多からぬ、国境近くの小さな町である、とはいいながら、シュクはクリスタルへはもうあいだにいくつかの町と、ケイロニア街道とゴーラ街道の分岐となる大きな町ケーミを残すばかり——それほどにさびれた町ではないはずなのだが。

また、景気のよいときなら、宿場町であるだけに、夜になればかえって夜通しあかりがついて騒いでいるあいまい宿や酒場の数軒くらいは必ずあるはずなのだが、それもない。あるのはただ、圧倒的な闇の深さ——そして、しずけさ。

それはまるで、クリスタルから発した深い深い闇が、静かにそうして四囲の町々、山山、パロの領土をむしばみ、侵食していったそのあとのようなぶきみさをもたたえていたのであった。


一方——

グインの一行は、イシュトヴァーン軍に肩すかしをくわせ、街道を離れたあと、すばやく合流して街道の西側でまたひとつになり、そして旧道を抜けてシュクに向かい——そして西市門の前にあらわれたのであったが。

そのまま、魔道師たちの案内のあとについて、シュク圏内を抜けてゆくあいだ、あたりを包んでいるのはやはり深い夜の闇だけであった。

かれらほどによく鍛えられた勇敢な、職業軍人のなかでも精鋭というべき一行でなかったならば、この深夜の行軍に不平をもらしたり、あるいはおぞけをふるったりして、ついてくるのはなかなかに難儀であったかもしれぬ。だが、《竜の歯部隊》とそして伝令部隊からなるグインの誇る精鋭たちは、ひとことの文句もいわず、ぴたりと陣形を保ったまま、馬を並べて粛々と旧街道を進んでいった。

旧街道にもいろいろあって、その周辺の住人たちにおおいに利用されているものは、主街道にもおとらぬくらいに栄えているような場所さえもあったりするが、これは旧街道というよりも、すでになかば見捨てられた街道となっているようだ。左右は深い闇ひと色、まったく人家のあかりも見えなかったし、足もともくずれたレンガ、ほうほうとのびほうだいの草などでとうてい歩きやすい、整備されているといえたものではなかった。グインは松明をともすことを許したので、かれらは松明をかかげてしずかに進んでいた——先頭にたつ魔道師は青白い鬼火をかかげていくぶん宙に浮き気味に進んでいたが、それとあいまって、何も知らぬ一般の民たちがもしこの一団とすれ違ったとしたら、青白い鬼火に先導される、ぶきみな死者たちの魂にも似たまぼろしの軍勢と会った——と、またしても吟遊詩人の恐怖にみちたサーガの題材になりそうなエピソードとして知り人や家族に語ったかもしれぬ。

それほどに、粛々と進んでゆくかれらはうつつの軍勢とも思われず、それをおしつつむ夜の世界もまた、ときたまあやしい声でひと声だけ鳴く夜鳴きフクロウや、夜鳴き鳥、ぶきみな黒いコウモリの影が空を横切ってゆくほかは、生きたものとすれちがうこともなかった。深い夜のなかにさまよいこんでしまって、さながらもう二度と目ざめることはないのではないかというような恐怖にみちた夢心地がかれらを包んでいた——これほど大勢で、信頼できる仲間たちと、もっとも心酔する王に率いられて歩いているのでなかったら、さしものケイロニアの《竜の歯部隊》の勇者たちとても人の子のこと、思わず恐怖にすくんでしまったかもしれぬ。

夜のなかには何かぶきみなものがひそんでいた——それは、なかに常夜灯をともして、うすあかりに照らされている豪奢な御座馬車のなかにいるグインにさえ、まざまざと感じ取れるほどであった。というよりも、グインにはなおのこと、はっきりと感じ取れたのかもしれない。

だがグインは何も云わぬ。同じ馬車のなかに小姓一人と護衛の騎士二人が控えているが、かれらも、国王が何も口を開かぬのにおのれから口を開くことはない。馬車をおしつつんで粛然とグインの部隊がゆくと、森のなかから眠りをおびやかされた名も知れぬ鳥がバサバサと赤い目を光らせて飛び立ってゆく。空には激しく雲が流れており、今宵はまだ月はないらしい。

それは世にもふしぎな進軍でもあれば、また、世にもぶきみな世界への進軍でもあった。世界は、じわりじわりと怪異な色合いを増してゆくかに思われる——それは、ケイロニアの、あのすこやかなモミの木の香りただよう夜、すこやかで多少退屈な人びと、誠実で実直で無骨なあの健全な国家からやってきた人びとの魂に、少しづつしみこみ、パロ——あるいはもっと別の、もっと小昏いあやしい太古から続いてきた呪術と幻覚と、そして魔道の爛れた色合いに染め上げてやろうと、この世界そのものがたくらんででもいるかのようであった。

事実――

誰も気づかぬうちに、ぽかり、と――雲のあいだから、異様な異形の月がのぞいた。

あの、月――すでに、パロの、反逆者たちであれば見知っていたかもしれぬあの眼球の月である。

それが、うなだれて粛々と闇のなかを進んでゆく、北の大地からやってきた黒い軍勢を、まるでたしかめるかのようにじっと見下ろした。まぶたが、ぱちりとまたたき、血管の筋の青く赤く走った巨大な眼球は笑ったかのように見えた。

それから、それがふいとかき消えると、こんどは、別のものが――かっと見開いた眼窩のなかにはてしない大宇宙をたたえた、はてしないほどに年老いた老人の首がふいと、あらたなぶきみな第二の月となってあらわれ、下をやはり見下ろした。が、これは、よほど、おそれていたと見える。見下ろしてうなづくなり、早急にこちらは消えてしまった。まるで、そんなことはわかっているぞ――といいたげに、またしても、眼球の月があらわれた。そして、ばかにしたようにまたたき、それからゆっくりと雲のうしろにすがたを隠した。そのときようやく、本当の月イリスの青白いすがたがあらわれ、山の端をあやしく照らし出した。

まるで、そのイリスの青白い光に吹き払われたかのように、世界に漂っていたあやしい気配はふっと消え失せた——そして、残されているのはただ、ごく平穏な、平凡な夜のしじまだけであった。

「到着いたしました」

魔道師が、青白い鬼火を掲げて、そう告げた。

「ケイロニアの豹頭王グイン陛下。こちらにて、パロ、クリスタルよりおみえのレムス一世陛下がお待ちでございます。長々とのご道中、まことにお疲れさまでございました」

「うむ」

静かな声が、馬車のなかから答えた。

そして、ゆっくりと馬車の戸があき、降り立ったのはむろん、ケイロニアの豹頭王グインであった。長いマントに身をつつみ、よろいは身につけているが、かぶとをつけることのないその異形の豹頭は、青いイリスの夢幻的な光が照らし出す夜の世界のなかに、それこそ夢のなかからあらわれたように神話的にきわだっている。

すでに、ガウス以下のグインの精鋭たちは、整列して待っていたが、このすがたをみると、しずかに頭を下げてかれらの国王の登場を迎えた。グインはゆっくりとあたりの様子を見回した。さっとかけよったガウスが、その足もとを手にもったランタンで照らし出す。

「あかりはよい、消しておけ。ガウス」

「あ、はい」

「——空気に、奇妙な気配がひそんでいる」

グインは低くつぶやいた。

「無理やりに正常をよそおっているかのような——どこかつくりものめいた気配があるな。それに——こんな村があるということは——いくらパロの詳細な地図をみても、北アルムなどという村は、シュクの南にはない。……アルムという村は確かにあるが……」

「グイン陛下。——レムス一世陛下が、おこしになりました」

魔道師が告げる。その魔道師たちもいつのまにか、一人の魔道師が三人ばかりの魔道士をひきいていたはずが、二十人以上の鴉のように黒いすがたが闇のなかに居並んでおり、そのうしろに魔道士たちが百人近くも並んでいるという、あやしい眺めとなっていた。

「………！」

ガウス以下のグインの親衛隊はいっせいに緊張におもてをひきしめる。

が、グインのようすはまったくかわらなかった。静かに、さながら巨大な豹頭の山にも似て、そこに馬車を背に立ちつくしている。そのようすは、彼を王とあがめる、見る

ものすべてに信頼と安心とをひろげるかのようだった。

深い夜——

とてつもなく深い夜がひろがっている。そして、まわりはいつのまにか、深い山々のあいだにでもいるかのように空気が冷たく澄み、そしてふしぎな香のにおいのようなものが混じり込んでいるように感じられた。

さわさわさわ——かすかに、まるで女の髪の毛が風に吹かれてたてるかのような音がする。

「いいか、お前たち。このあと、たとえどのようなことが起こっても驚くな。よしんば俺が一瞬、しばらくのあいだ消滅するようなことがあったとしてもだ」

グインはガウスをひきよせ、低くささやいた。ガウスは仰天してグインをふりあおいだが、さすがにグインが一千人の騎士たちのなかから選び、これと見込んで《竜の歯部隊》を預けた人物ほどあって、何もよけいな騒ぎはおこさなかった。

「消滅でございますか」

「そうなるかどうかもわからぬ。ただ、俺はキタイできゃつらとはそれなりにつきあってもいるからな——キタイだけではないが。もしも万一俺が消えたように見えたとしても、この場合は大丈夫だ。必ず、いずれ俺はまたあらわれる。皆にもそう伝えて、俺がもしも妙なことになったら一番よいのは、その場を動かず油断なく構えながら待っていることだ。その指揮をとり、とにかく俺があらわれるか、俺から連絡がくるのを待っていろ。いいな」

「心得ました」

「だが、そうなるとは限らぬが。俺も正直、わからぬからな。いまのきゃつがどのようなことになっているのかは……」

グインは、途中で口をつぐんだ。

またしても、空気が変わっている。

そのことが、グインにはなぜかまざまざと感じられるのだ。

（俺が——すでに、キタイでこの空気の洗礼にあっているせいか……それとも、あちらから、俺にだけは故意におのれの登場を知らせようとしているのか……）

いずれにもせよ——

それは、かつて、ノスフェラスでグインがよく知っていた、そしてアルゴスまでの冒険行をともにしたレムス少年のものではない。そうであり得ようはずもないのだ。

「パロ聖王、レムス一世陛下、ご出座になられます」

じっと並んで、何かを待っていたかに見えた魔道師たちの、最初に並んでいたひとりが告げたときだった。

おそろしく巨大な、夜空の大半を覆い尽くすほどに巨大な黒い鳥が、音もなく頭上に羽根をひろげた——ような、奇妙な感覚がグインをとらえた。が、グインはあえて上を向かなかった。それによって、何かあいての幻術にすでにひきずりこまれることを警戒したのだ。

かすかに、バサバサバサ——という羽音までが聞こえるような気がした。が、それがきこえたのはグインだけであったらしく、ガウスたちはびくりとも、眉も動かそうとしなかった。

そして、すーっと何か目に見えぬものが、上空から舞い降りてくる気配がこれもグインにのみ感じられた。グインは微動だにせずに待った。

黒い夜の濃さが不均等に強まったかと思うと、ふっと、激しい風の音が立った。それもまた、巨大な翼がたたまれたあとにおこる風の音のようにグインには感じられた。

それとはまったく無関係でもあるかのように——しかし、まったく同じタイミングで、目のまえにひろがっている黒い、妖しい森のあいだから、黒づくめの一隊があらわれてきた。魔道師たちであった。それが、前から居並んでいた魔道師たちの前に、ななめにふたてに別れて場所をあけた。と思ったときであった。

「お久しぶりです。グイン——ケイロニアの豹頭王、グインどの」

いくぶんしわがれた声が魔道師たちのうしろからきこえてきた。そして、魔道師たちの列がふたつに割れ、その奥に、ひとりの背の高い痩せた黒いすがたが立っていた。

2

「久しいな。レムスどの」

　悠揚迫らざる声をかけたグインは、ゆっくりとそちらに向かって歩き出した。レムスの両側の手前に居並ぶ魔道師たちが、ふっと手を掲げると、その手のさきに、青白い鬼火が生まれた。いくつもの鬼火が、ふしぎな青白い炎のアーチを作りあげる。それに照らされて、その奥にいる長い黒いマントをかけたやせ細ったすがたも、そしてそれにむかってゆっくりと歩いてゆく、たけ高い偉丈夫のすがたも、ふしぎな、蛍火にも似た青白さのなかに照らし出された。

　それはおそろしいほどに夢幻的な光景であった。――魔道師たちは知らず、ガウスたち、グインのひきいてきた精鋭たちはうっとりとそれに見とれ、心ならずもその情景のあやしい魔術めいた魅惑に、異世界にひきずりこまれるような錯覚を覚えていた。青白い地上の星々のあいだをゆっくりと通ってゆく、豹頭、人身の偉丈夫。そして、それをむかえる黒づくめのあやしい魔道の国の帝王の額には、青白い鬼火に照らされて、ふしぎなゆらめく光をはなつ七色の宝玉を埋め込んだ、どこのものとも知れぬ妖しい王冠がかむせられている。

長い歳月をへて、いま、グインの目にうつったレムスは、もしそうと名乗られなければ、おそらくいかなグインでさえ見分けがつかぬくらいにも変貌をとげはてていた。

それも、よい変貌とも、正しい成長ともおそらくは云われまい。――ひいでたひたい、というよりは、その下の頬ががっくりとこけているのでいっそう目立っているらしい、ひどく目立つ広い額。その下に、くぼんだ眼窩とするどい目があり、そして秀麗な高い鼻梁とととのった口元――そのあたりは、かつて《パロの二粒の真珠》をうたわれた、あのあどけない十四歳の少年の美貌を思わせないこともない。

もともと、元の顔かたちは、美貌を誇るパロ聖王家のなかでさえもひいでているとうたわれ、まれにみるくらい、きわめてととのっているのだ。いまでも決して、醜貌とは云われまいし、学者ふうの――というような観点から見たら、なかなかに知的でもあれば、するどくもあり、かつての十四歳の少年、またその後、わずか十六歳でパロの国王という重責についてすっかり落ち込んでいたころのかれには決して持ち得なかったような、ある風格と落ち着き、貫禄――とさえ云えるような威圧感のようなものが、明らかにそなわっている。その昏い瞳は、見るものをすくみあがらせるだけのあやしい力を確かに秘めていたし、厳しくひきしまって、若さにも似合わぬ深いしわがきざまれた口元も、そこから発せられる号令をおおいに周囲のものどもに恐れさせるに足るであろう、けわしい威厳をはらんでいた。

が――

それだけではない。

グインは、じっとトパーズ色の目をすえて、ひさびさにあいまみえるこのパロのあやしいうら若い国王を見つめていた。十四歳で祖国をモンゴール軍の奇襲に追われ、両親をも安泰をも失い、十六歳で国をとりもどし、国王に即位し――そののち、いくたの変遷を経ながらも、まだようやく二十一歳になるならずのはず――だが、目のまえの人物は、ひとことでいえば、最大の特徴は、そのような《若さ》をまったく感じさせぬ、ということだ。

老成している、というのとも違っている。そのようなまやさしいものではない――確かに、年のわりに老成していなければ、とうてい国王としてこの伝統ある大国を仕切ってゆくことは出来ぬのだろうが、それ以前に、この――目の前のこの痩せた背の高い男の秘めている奇妙なまでの威圧感、威厳、ぶきみな底知れぬ感じ――といったものは、二十一や二の若者が、いかに苦労したとはいえ、いかに大国の王としての貫禄をつけようと努力したとはいえ、身につけることはとうていかなわぬようなものだ。

その目の奥に、大宇宙の深い暗黒がそのまま回廊となって開け、はてしなく奥まで続いている――そんな印象をさえ受ける。グインの、相当に強烈であるはずの凝視を、レムスはまばたきひとつせずにじっと正面から受け止めている。その落ち着き払ったまなざしのなかには、グラチウスや、イェライシャ、そしてロカンドラスなど、グインがかつて遭遇し、知己を得たり、あるいはたたかったりもした、有数の魔道師、偉大な大導師たちでなくては持ち得なかったような、この世の摂理をさえ見透かし、笑いのめし、超越してしまっているかのようなふしぎな虚無のかぎろいがある。

それが、何よりもグインをひきつけてやまなかったものであった。このような年齢の若者の顔ではない――それは、おそろしく年をとった男が、魔道によって若さの仮面をかぶり、若者のすがたをしてはいても、どうしてもなかみの魂の老いた昏さをつつみかくすことができぬ――とでもいったような印象をあたえる顔だ。いかに若いふりをしようとも、あまりにも多くのものを見てきすぎた長い長い歳月がつもりつもって、深い淵に舞い上がる塵のように、その顔を年老いさせてしまっている、とでもいったらいいのだろうか。

(ふむ……)

グインは、非常な興味を隠そうともせずに、じっとなおも見つめ続けた。魔道師たちも、ざわめきもせずにじっと、二人のようすを見守っている。夜はシュクの南になおも深い。

「そこもととは……いつさいごに会って以来かな？」

ゆっくりと、あたかも試すようにグインは口をきった。レムスは、かすかに、口辺に年に似合わぬ深い皺の寄った口元をゆがめた。

「おそらく、アルゴスでお別れして以来かと。——ぼくの戴冠式には、残念ながらケイロニアの使者としておいでいただくこともかないませんでしたから。ぼくの婚礼にもですね。クリスタル大公の婚礼にも——そのいずれかには、特例の使者として、おいでになられるのではないかと期待していたのですが。もともとわれわれ——ぼくと姉のことですが——が今日あるために、最大の恩人であられる、大きなゆかりあるおかたなのですから」

「アルゴス以来——ならば、もうすでに、それから何年……何年の月日が流れていることになるのだろうか？」

「七年。その間に、あなたもケイロニアの豹頭将軍を経て、ケイロニア皇帝の駙馬《ふば》としてケイロニアの豹頭王と呼ばれるお身になられましたし。ぼくもごらんのとおり一応成人いたしましたし、姉も人妻となりました。そのう、反逆者の妻、という思いもよらぬ悲運には遭遇することとなってしまいましたけれどもね。まことに時の流れとはたゆたわぬもの、ヤーンのみわざとはひたすら流れゆくものです。そうは、思われませんか」

「ああ。確かに」

グインはべつだん面白くもなさそうないらえを返した。

「たしかにそこもとも大人になられたし、俺もだいぶん境遇は変わった。が、内容に関しては俺はそれほど変わったとも思っておらぬ。――身にまとう衣装はかわろうともこの豹頭が変わることのないようにな。……が、そこもとは……」

「そうおっしゃるだろうと思っていました」

かすかに、レムスの目がくるめいた。

かつては、その目は、姉と同じふしぎな、だがこよなく美しい紫色、夜明けの空にも似たスミレ色を帯びていたはずであった。だが、いま、その目には、紫色の影さえも見あたらず、その目はただひたすら深く黒く――そのなかに、かすかに赤いきらめきをたたえているかのように見受けられた。

「確かにあのとき、ルードの森で偶然に遭遇し、そしてそれ以来の長いふしぎな、吟遊詩人のサーガになるような――事実、パロでは非常に人気のあるサーガの材料のひとつとなっていると聞き及びますが――冒険行をともにしたものたちのなかで、ぼくがもっとも変わった、と云われるのはやむを得ざるところでしょう。――が、もうひとりだけは別にして、ですね」

「……」

「誰か、とおたずねにならないのですね。ならばぼくから申し上げましょう。それは、あの陽気な若い傭兵。覚えておいででしょう。ヴァラキアのイシュトヴァーン」

「ああ」

としか、グインは云わなかった。

「彼もまた、大きく運命が変わりました。——じっさい誰が想像したでしょうね。どれほど想像力ゆたかな吟遊詩人であろうとも、あのノスフェラスで、そんなことを予言する者がいたとしたら、恐しいほらふきか、あまりにも空想家という罵言をしか得られなかったに違いない。あのときノスフェラスにたまたまつどうた四人の者のうち、三人までが中原を代表する国家の君主、王となり——ぼくがそうなるであろうことは、青い血によってあらかじめさだめられていたにせよ、他の二人はまったく王とはいかなるかかわりもない家に生を享けたはずだったのですから……だが、陽気なヴァラキアの傭兵はいまやゴーラの僭王と呼ばれる、残虐きわまりない帝王として知られるようになり、そしてあなた——世にもふしぎな豹頭人身の放浪者は、中原一の大国ケイロニアの王——もうひとり残った姉リンダも、まあ、いってみれば、カレニア王朝の王妃ではあるわけですからね。それをぼくが認めるか認めないかはまた別の問題として。あのときたまたまノスフェラスに集まったあの四人の頭上に、いずれも異なる王冠がひそかに輝いていたなどと、いったいどのような魔道師ならば予言し得たでしょうか」

(よく、喋るな)

グインは、ひそかにつぶやいた。むろん、当のあいての耳に入るようなつぶやきではなかったが。

（もともと特に無口だったとも思わぬが——このようにまくしたてる奴でもなかった筈だ。……誰にとりつかれているにせよ、憑依されているにせよ、こやつがひどく変わってしまった、というのはまったく本当のことなのだろう——憑依などというものよりも俺ならば、この変貌のほうに、なにやらいぶかしいものを感じ取ってうろんに思ってしまうところなのだが）

「そして、また……」

レムスはグインのそんな心のなかのつぶやきなど、きこえたとしても気にとめる気配もないようなようすで話を続けた。

「それにともなって当然中原の情勢も大きく変容しつつあります。——その変化こそが、こうしてわれわれ旧友どうしをまた巡り合わせてくれたのであると思えば、それこそまことにヤーンに感謝を捧げなくてはならぬような出来事というべきかもしれませんが、しかし、また……これはひとつ対応をまちがえば、非常におそるべき破局と悲劇とを中原全体にもたらす変化であると申さざるを得ず……その、変化の予兆を前にしてこのように、直接お目にかかり、率直にお話をする機会を得られたことは、ぼくにとってはまことに望外の幸福というべきことでありまして……」

「率直に。本当に率直に話がかわせるのであればな」

グインはいくぶん皮肉っぽく云った。レムスは、ゆっくりと半目を開いてグインを見つめた。その目の中に、奇妙な笑みに似た光がくるめいた。

「むろん、ぼくはいつでも率直です。——それは、あなたがかつて教えてくださったことでもある。あの遠いはるかなノスフェラスの砂漠で、あなたこそが、自らきわめてたくさんのそうした手本を示すことで、ぼくに多くのものごとをご教示してくださったのではなかったでしょうか」

「そのような話はもうよい。社交辞令なら、それこそ率直とは縁遠い話だし、もし本当にそこもとがそう思っておられるのなら、おそらくは今少し、違った話の展開になってゆくであろうからな、これからは」

「これはまた」

レムスはびっくりしたように声をちょっと大きくした。が、それは、グインのことばにこたえるものではなかった。

「これはしたり、ぼくとしたことが、とんだ間抜けなことをしてしまいました。ケイロニアの英雄に、偉大な豹頭王にこのようなところに立ったままお話をさせてしまうとは。……ここはたいした村でもありません、ごくささやかなありふれた寒村にすぎませんが、ケイロニア王のおいでとあっていそぎ、仮建築ではありますが、ちょっとした客殿をたてさせてあります。そちらでおくつろぎになりつつ、ゆるりとお話をさせていただきましょう——そのほうが、旧交をあたためるにも、またこれからの話をするにもよろしいかと思うのですが、いかがでしょうか」

「それには異存はないが」

グインはゆっくりと云った。

「が、おぬしが最初にいってきたのは確か、シュクの町で会見を、あるいはシュクよりも国境に出てという話だったな。ここは、俺は寡聞にしてその存在を知らなかったが、シュクよりもいくぶん、クリスタルに近づいているのだろう。この場所の正確な位置をさきほどの報告の使者には伝えることができなかったので、俺を案じたケイロニア軍が、あるいはシュクに殺到してしまうことになるかもしれぬ。それについては、ここにどのていど滞留するかをあらかじめ教えていただければ、いついつまでに迎えにくるよう、正確な場所をわが軍に教えられるのだが。きゃつらも、なかなかに心配する連中なのでな」

「もちろん」

レムスはなんともいえぬ奇妙な表情で、目を半目にしたままグインを見つめていた。

「その御懸念とご用心は当然のことであると思いますし、それでこそケイロニア王というべきであろうとも思いますよ。それに、場所をここに変更させていただいたについては確かにこちらの側の身勝手と申しましょうか、落ち度であって、グインどのにはまったく申し訳がない。率直に、というお話でしたから、ぼくもきわめて率直に申し上げるのですが、最初にお目にかかりたいと申し入れたときには、まったく、ぼくとしてもシュクか、シュク以北の、なるべく自由国境に近いところでお目にかかろうという――ご希望にすべてそいたいという気持でいたのです」

「ほう」

「それが、いろいろと――事情が変わってきてしまったものですから」

レムスはいくぶんずるそうに、はかるようにグインを下から見上げた。

「そう、事情がかわったのです――事情が」

どのような事情だ、とグインにきかせようと意図していることがはっきりとわかるように、くりかえしていう。グインはだが、うなづいただけで、何も云わなかった。

そのことが、レムスは不服であったらしい。

「そう、事情が――突発的に変わってしまったものですからね」

もういちどいかにも意味ありげに繰り返す。それから、また気がついたようにことばを続けた。

「おや、しかしこうして話していてはまた同じ立ち話になってしまう。それも何ですから、ではどうかぼくの用意したそちらの建物においでいただくわけには参りませんか。

むろん、お供の皆さんにも、その周辺にちゃんとお泊まりいただけるよう、準備はしてあります。なにせ人数が人数ですので、みんながみんなひとつの建物にはお泊まりいただけないかもしれないのですが……」

「いや」

ゆっくりと、だが断固としてグインは云った。

「その必要はない。この者らは、俺が入ったその建物のまわりに夜営させる。夜営にも馴れているし、また、もう、そうこうするうちに夜も明けてくるころあいだ。仮眠さえとらせれば、この《竜の歯部隊》はまったく問題もない。食事のお世話もご無用、当面の食料は持参している。俺と、俺の腹心及び、まあこういっては何だが護衛として、およそ五十人ばかりの騎士をともなわせていただこう。そのほかのものはこのあたりにいさせておいてもかまうまいな」

「それはもちろんかまいませんが——しかし、ぼくの用意した宿泊所にお入りになるのもお断り、食料もご持参、ですか。なかなかに——用心深いというよりも、なんだか、まるで……あの伝説を思い出させますね。ほら、あの、マリウスの神話」

「………」

「イラナによって鹿にかえられてしまう前にも、マリウスはさまざまな冒険を経てさいごにイラナの森にいたるわけですが、そのなかで、ひとを怪物にかえてしまう魔女たちの住む森に通りかかる話がありましたよね。そして、よき魔道師に、魔女の森ではいっさいのものを飲み食いせず、またそのベッドで眠ることもならぬ、と教えられて、連れのものたちがみな生まれもつかぬ怪物にかえられてしまっても、マリウスひとりが無事に難を逃れた、というあの話」

「………」

「これはまた、余分なことを申し上げましたか。——むろん、あなたがそんなおつもりでおっしゃっているのではないことはよくわかっているつもりなのですが。——さあ、こうしていては本当に文字通り夜が明けてしまう。そうでなくても、そろそろ夜のまんなかはこえてしまいましたからね。お話の続きは、というか重要な会談の本当の部分は明日にしてもよいし、ともかくも、ご一行をお迎えして、落ち着いていただきたい。せっかくご無理を申し上げてこんなところまできていただいてしまったのですから。さあ、ご案内せよ」

さいごの部分は、まわりに居並んでいる魔道師たちにむかって云われたことばだった。

それもまた、考えようによってはふしぎなことであったかもしれぬ——いかに魔道師の王国であるとはいいながら、いかに魔道をもって国のきわめて大きな柱となすパロであるといいながら、一国の——それも、パロほどに伝統ある大国の王が微行で、他国の、それもやはり世界有数の大国の王と密談するにあたって、その護衛が、魔道師ばかりである、というのは。だが、レムスは、それについては何の説明も弁明も加えようとはしなかった。

魔道師たちは粛々と動き出し、グインたちを導いた。ガウスが心配そうにつとグインのかたわらによりそう。

「わたくしは、お連れいただけるのでございましょうか？　陛下」

「ああ。お前は第一中隊から五十をひきいて、ついてきてくれ。残る者は第一中隊長のカリスにまかせ、指揮させて、定期的に俺と、またワルドと連絡は依然としてとりつづけさせよ。また第五中隊長のルナスには、第五と第六の二中隊をひきいて、ややはなれた場所に待機させせよ。もしも何か定時連絡に長いとどこおりがあった場合、第三非常事態を想定し、ただちに行動にうつれと伝えておけ」

「かしこまりました」

「さあ、どうなさったのです」

レムスは、その、グインとガウスのやりとりなど、まったくきこえていないかのようにほほえんだ。

「何も、おかしなたくらみなどはしておりませんよ……などということそのものがおかしなことですけれどもね。とにかく、いま、必死になってケイロニアの助力を求めているのは、パロのほうなのです。そのパロ側が、自らの生命綱をたつことにもなりかねないような、大ケイロニアの機嫌を損じるような行動をとるわけはない、それはケイロニア王陛下にもおわかりいただけるのでしょう？　どうも、グインどのはぼくのことをかなり誤解しておられるようだ——誤解しているのは、グインどのだけではないですけれどもね、遺憾なことに、と申しますか、不徳のいたすところ、と申しましょうか。ともかくも、しかし、こうおいで下さい。ここでは話もできない」

「………」

グインは、ガウスに合図して、ガウスのうしろに続く五十人の精鋭中の精鋭をひきつれ、魔道師たちがまた鬼火をとりだして導くままに歩き出した。

「馬はご入り用はないと思います。お供のかたたちも——もう、すぐそこですから」

レムスは云った。そして、魔道師たちとともに、すっと黒いマントのすそをひるがえして、グインと並ぶようにして歩き出した。グインはなにげなく、すっと、うしろにさがり、レムスと横に並ぶのを避けた。あるいは、なぜそうしたのかは、グインにさえもわからぬ本能的な動きであったのかもしれぬ。

レムスはじろりとそんなグインを見たが、何もあえて口にだしてそのことを指摘しようとはしなかった。

レムスのいうとおり、いくばくもなく——ものの五タルザンとは歩かぬうちに、黒い森のなかにひっそりと、かなり屋根の高い、一軒の建物が見えてきた。いうとおりでなかったのは、「仮建築でちょっとした客殿を建てた」というレムスのことばだけであった。それは到底仮建築とは思えぬ、豪奢な建物であった。また、これが、そんなふうに、グインがシュクにくることをこばむ事情が突発的におこったというので、あわてて短時間のうちに建てられるとはとうてい思えなかった。

グインはだがもう何も云わなかった。ガウスもいささか不安そうではあったが、あるじにぴたりとよりそって何も問おうとせぬ。黒い建物は、奇妙な不吉な空気をまといつけて、夜の底にたたずんでいた。それはこの、北アルム——と呼ばれる、グインのきいたことのない地名の場所を、いっそう奇妙な、底知れぬなにかをひそめているところに見せるような空気であった。

「どうぞ、こちらへ、ケイロニアの豹頭王グイン陛下」

レムスが、その建物のあけはなたれた玄関に立って、魔道師たちを両側に出迎えるように整列させ、大きく手をひろげた。玄関の戸があけはなたれると、なかにはこうこうとあかりがついており、確かに新しい建物らしかったが、それにしても、きわめてきちんと本建築で建てられており、調度なども、パロの格式からいえば、ケイロニア王のような国賓を迎えるにはやや粗末であったものの、これがお忍びの秘密会見だということを考えれば、その場としては申し分なく豪華に、ちゃんと必要な家具などはすべて入れて、ととのえられていたのだった。

（……）

グインは、ゆだんなくあたりを、警戒して首のうしろの毛をさかだてている巨大な猫のように見回していた。そしていまにも鼻面にしわをよせて唸り出さんばかりであった。

そのようすを、レムスは妙に愉しげに見守っていた。

「もう、かなり遅くなりましたね。ぼくはべつだん、眠らなくてもなんともないのですが、他のかたにもそれを強いるわけにはゆかない。……ともあれ、おやすみいただけるよう、お部屋にご案内しましょう。そして、正式の会談は明朝すぐということではいかがでしょう。それでも三ザンばかりは眠れると思いますよ……それとも、いますぐお話をというほど、お気ぜきでおいでですか。でも、せっかくここまでおいで下さったからには、ゆっくりとお話をし、また旧交もあたためたいものですからね。お話のまとまりようによっては、このようなへんぴで不便なところではなく、クリスタルに――わが王宮にお迎えして、盛大に宴を張りたいものですし。本当はいますぐにでもそうしたいところなのですよ。でも、そのまえにいろいろとしかるべき順序を踏まなくてはなるまいと思って我慢しているのです。そうそう、ぼくもついにひとなみに親となった、というお話をしたでしょうか？　愛するアルミナが、ぼくにはじめての男の子を、王太子をもたらしてくれたのですよ。……できることならその子にも会っていただきたいし……これからさき、パロとケイロニアにはまったく新しい時代と互いの関係がはじまるとぼくは期待しているのです。じっさいこの会見に、ぼくは非常に大きな期待をかけているのですよ！——なんでも、ご入り用なものがあったらおっしゃって下さい。召使いでも、また召し上がり物でも、身の回りの品でもね。なんでも即座にご用意できるよう、そろえてありますからね。どうぞ、ごゆっくりお休みになって——夜のなかではいろいろと誤解されたり、うろんにも思われましょうから、ぼくのような、魔道の帝国の王であるものは、朝のすこやかな光のなかでお話させていただいたほうが、きっとぼくの真実を信じていただきやすいでしょうね？」

3

「――よく喋る男だ」

レムスが、魔道師たちを従えてようやく、そこを自由に使ってくれるようにとグインを案内した室から出ていったあと、最初にグインがガウスにもらしたのはそのささやきだった。ガウスは吹き出したくなるのをこらえた。とはいえ、そのおかしさのなかには、確かに、一抹の恐怖に似たものさえも、混じり込んでいたのだが。

「さようでございますね……」

「さきほどの伝令の返りはきているのか。ともかくも半ザンおきにカリスと連絡をとり、たがいの状態を伝えあっておけ。本当はもっと連絡の間がないほうがいいのだがな」

「ここに入ったあとにとりあえず、一回カリスからの伝令が入っておりますから……外はなにごともないようですが……」

「まあ、それはレムスのいうとおり、いますぐにどうこうということはないさ」

グインは用心深く、というよりもあまりいい気分ではなさそうに豪華な室のあちこちを眺め回しながら云った。

「あちらは俺を手取りにしたいのではなく、ケイロニア軍の援軍が欲しいのは確かに本当だろうからな。だが、ここのなかではどこにどう壁に耳があるかわからぬ。もっと、近くにこい、ガウス。そして大声を出さず、極力ささやくようにしてしゃべれ。それでもきこえる相手にはきこえてしまうだろうから、本当に危険なことはこのなかでは話さぬほうが無難だろうがな」

「魔道師があれだけいれば……」

ガウスは感心したようにいう。

「さすがに魔道師の王国パロで……」

「もともとここまで魔道のにおいがゆきわたっていたとは俺は必ずしも思わん。確かに、ケイロニア人にはたえがたいほどに、魔道魔道した国であったのは確かだがな。……にしても、どうもここにある魔道はこの俺でさえ感じるような——とてものことに白魔道とは言い難い、黒魔道というのともちょっと違う……」

「ここのなかで、出されるものはお茶一杯といえどもいっさい口にせぬほうがよろしいのでしょうか？」

ガウスが不安そうにきいた。

「そんなことはない。マリウスの神話をレムスがいっていたが、あんなものは伝説に過ぎぬ。それを口にしたからといって、相手のいうなりになったり、魔道がかかりやすくなったりするような食物などはないさ。ないことはないが、それは俺はあるていど見当がつく」

「おお！　と、いわれますと……」

「黒蓮がからんでいたり——また、魔道がらみの食物というのは、催眠効果があったり、薬草のにおいがしたりするものが多い。ごくふつうの食物であれば、まず大丈夫だ。心して避けたほうがよいのは、酒、飲み物のたぐいだな。ことに相手がひどくしつこく無理強いにすすめる変わった飲み物のようなものがあったら、それは口にせずにおくのが無難だろう。だが、外に二ヶ所にわけて軍勢をおきっぱなしにしておいたし、それと定期的に連絡をとっているし、さらにそれがワルドと連絡をとっている、ということを明らかにしておいたゆえ、かなりそれで相手にたいして、こちらが魔道でとりこめられるのを警戒して手をうっているぞ、という表明にはなっているだろう。まあ、案ずることはないさ」

「ならば、よろしいのですが……どうも、魔道というものは苦手で……」

「ケイロニアに魔道の得意なケイロニア人、ましてや武将はおらぬさ。さあ、ともかく、その寝椅子をかりて仮眠するがいい。俺も少々のあいだ仮眠させてもらう。明日にはまた、あのやっかいな魔道王どのといろいろとかけひきをせねばならぬからな」

「はあ……お休みなさいませ」

「ああ」

かんたんにいらえるなり、グインはよろいもとかぬまま、用意された寝室の豪華なベッドの上に、布団もかぶらず、ごろりと身をよこたえて目をとじてしまった。その腕のなかにはしっかりと愛用の剣を抱いたままである。その警戒心もあらわなすがたに、ガウスは、かえってここがきわめてあやしい敵中の異世界であることを感じる思いであった。


が、その夜はなにごともなくすぎた——夜通し、カリス第一中隊長からの連絡も、またそれへこたえるこちらからの伝令もまめにゆきかっていたが、何ひとつ異変もなく、朝がやってきた。灰色に重たく曇った、あまり明るくもない朝であったが、それでも朝には違いなかった。

「ケイロニア王グイン陛下、パロ聖王レムス一世陛下があちらの間にてお待ちでございますが」

そうそうに、魔道師がまた迎えにきたのは、夜があけてまだ日がのぼりきらぬほどの早い時間であった。だが、グインはすでに目ざめ、支度もすませていた。というよりも、魔道師が室に入ってきたときには、もう、いつでも呼びにこられてもよいようにベッドに腰かけてしずかに待っていたのだ。この建物にパロ側の人間はすべて魔道師か魔道士しかおらぬのか、と思えるくらい、すでに見慣れてしまった黒い不吉なマント姿が、音もなく入ってきて丁寧に礼をするのを、グインはじっと見守っていた。

「よろしければご朝食をともにさせていただきながら、お話をはじめたいとのことでございました。……非公式のご会見でございますので、もろもろのことがすべて略式でございますが、それはお許し願いたいとのことでございます」

「わかった。すぐ行こう」

グインは剣をつるしなおし、ガウスをふりかえった。ガウスはあまりよく眠ることもできなかったとみえていくらか赤い目をしていたが、緊張したおももちで、さらに数人の騎士たちをともなってグインにしたがった。

「これは、早くから、お元気そうだ」

レムスは、朝の光も射し込んでこない、もっとも奥まった一室に、たけの高い椅子にかけてグインを待っていた。

窓はあったが、その窓の内側には分厚い臙脂色のびろうどのカーテンがかけられていて、ろうそくをともさねば室は真っ暗なままであっただろう。そこにいるかぎり、ひんやりと天井の高いその室にはまったく、いまが朝だと示すものは何もなかった。それが多少、ケイロニアの客人たちに異様な感じをあたえた。広い室のまんなかに大振りの大理石のテーブルがしつらえられ、その上にいろいろと朝食の用意がなされていた。奥のほうがレムスとグイン用にふたつだけ大きな椅子が並べられ、手前のほうにガウスたち陪食するもの用の用意がととのえられていた。給仕をするものもすべて魔道士たちであるのが、ひどく異様な感じであった。

「どうぞ、おかけ下さい——そして、朝食など召し上がりながらまたちょっとよもやま話でも——いや、もう直接にもっとも肝要なご用件にうつってもいいのですが。それにしても、多少暑苦しい感じを与えてしまうかもしれませんが、窓をあけぬことはお許し願いたい。どうも、その——なんというべきでしょうか、ぼくは多少からだを悪くしているので……目もあまりよくないのですよ。それで、あまり、明るい朝の光というのを好まないのです。アルミナもそうなのですが」

「それはまた」

　グインは魔道師がひいてくれた巨大な椅子にかけながら唸るようにいった。

「なかなか難儀なことだな。朝の光を好まぬとは」

「朝の光といいましょうか——外気ですね。夜であれば平気なのですが。これについて、それこそあちらの側はそれがまるでぼくのなんらかの罪でもあるかのように言いふらすのですが……」

　レムスが、《あちら側》というような言い方で、もうひとつのパロ、カリナエのナリス政府についてちょっとでもふれたのは、レムスがグインのまえにすがたをあらわしてからはじめてのことであった。

「しかし、それでいて、あちらの——ぼくの反逆せるいとこどのも、ご存じのようなからだの事情だもので、いっさい外気にも陽光にも耐えられず、ぼく以上に分厚いカーテンをかけ、分厚いじゅうたんをしきつめ、ろうそくさえも小さくして、マルガの離宮の一番奥にたれこめて一切の風にあたらぬようにしているというのですよ。……ぼくなどは別にただ、好まぬというだけで、外気にあたって溶けてしまうようなことはないのですがね。それをいったら、あちらのほうがよほどこの世のものでないと云われなくてはなりますすまいに」

レムスは、きのうは漆黒のマントをまとい、さながら彼自身も魔道師でしかないように見えたが、いまは、もうちょっと明るい、灰色がかった黒のかるめのマントをかけ、その下にびろうどの長いトーガをまとって、錦織りのサッシュを前にたらしていた。そして、折れそうに細い長い首から重たそうな王綬をかけ、額にはきのうのふしぎな略王冠をいただいていた。多少明るくなったとはいうものの、やはり、身のまわりに深い夜がただよっているような感じは消えてはいなかったし、それに、きのうの深い夜闇のなかで見るよりも、一応は明るい朝の光——この室に関するかぎりは、それは朝の光というよりは、あちこちにおかれた燭台のあかりでしかなかったが——のなかで見たほうがいちだんと、その異様なまでの痩せかたや、目の落ちくぼみかた、そしてその全体にただよっている、妙に底知れぬあやしげな雰囲気、のようなものが強調されてみえた。ひとことでいえば、年齢不詳、というのがもっとも思い浮かぶ印象であったし、また、何を考えているのかわからぬ、というのも、誰もが見るなりただちに思いつくであろう印象であった。だが、その豪華な重々しいいでたちや、するどく妖しい眼光に眩惑されて、あまり世慣れておらぬものや気の弱いものならば、たやすく気圧され、威圧されてしまったに違いない、というような、独特の威厳めいたものもまた、つよく感じられた――それは、かつてのレムスにはまったくなかったものであった。

「何もございませんが、せめてのおもてなしに朝食を用意させましたので。大丈夫、何も魔道の陰謀などたくらんでおりませんし、何ひとつ召し上がって毒になるようなものはありませんよ」

いかにも、グインたちの懸念など見通しているのだぞといいたげにレムスは云ったが、じっさい、大理石の机の上にならんでいるのはごくありふれた、パロではもっともよく見られる軽焼きパンとそれにはさむさまざまなもの、燻製肉や薄切りの燻製魚、また新鮮な葉ものの野菜や香草などと、それにカラム水のポットとそれに加えるヴァシャの乾果をたくさん入れた銀のかごなどで、何もかわったものはなかった。ほかに、熱いスープの入れ物なども出ていたが。

グインは、それをトパーズ色の目でじっと検分するように見つめていたが、カラム水と、それに軽焼きパンをひとつとっただけで朝食をすませた。ヴァシャの実や、スープには一切手をふれようとしなかったので、ガウスもこっそりそれにならった。レムスはしつこくいろいろな食べ物をすすめた。

「その立派なおからだなのですから……本当に、何もご心配になるようなことはありませんよ？　きのうも申し上げたとおり、ぼく——とパロの国にとっては、ケイロニアを味方についてもらえるのかどうかというのは大変な問題ですからね。まかりまちがってもシルヴィア王妃のご主人を我が子よりももっといとしみ、愛しておられるケイロニア皇帝や、神のようにケイロニア王を崇拝しているケイロニアの六百万の人びとの怒りをかったり、うらみをかうようなまねはしようとは思いませんよ。それほどにはパロの王はばかじゃない——たとえ、ここでお話がうまく締結しなかったとしたって、その次によいことは、少なくとも敵とだけはならないでいただけること、でしょうからね。パロにとっては」

レムスは、話しながら、しきりとカラム水を飲んだ。そのなかにはたくさんのヴァシャの乾果を入れただけではない、これが最近のパロでの流行なのだと弁明しながら、特別に魔道師に持ってこさせたなにやら銀の小さな器にいれた没薬のようなものや、かわかした香料——それともなにかの実のようなものを山のようにいれて飲んだ。じっさい、カラム水そのものよりも、中にいれたそういうもののほうが多いくらいだった。そしてまた、そのいろいろなものを投入したカラム水を、何回となくお代わりするので、レムスの前にだけ特におおぶりの手つきの杯と、そして特別に巨大な銀のカラム水のポットがおかれているくらいだった。かるやきパンにも、ましてやスープ類にも、まったくかれは手をつけようとしなかったので、山のように用意された食物もじっさいには、そのごくごくわずかが消費されただけだった。

「ぼくはもともとあまり食べなくなってしまったのですが、グイン——あなたは、このあとそれだけではとてももたないでしょう？　本当に何度もいうとおり、まったくもう、警戒されることはないのですからね。どうぞ、たくさん召し上がってください。せっかくこんなに用意させたことでもあるし。部下のかたたちも」

「俺は、朝はそれほど食わんのでな」

グインは平然とうそぶいた。だが、ガウスのほうをみて、うなづきかけたので、ガウスは部下たちには、安心して朝食をとるよう合図した。レムスはそれをみると、かれらが落ち着いて食事ができるよう、自分とグインだけ別の客間で会談をはじめよう、と申し出た。

ガウスは中腰になって立ち上がった——が、かれの驚いたことに、グインは喜んでその申し出を受けたのだった。

「よろしかろう。――いや、ガウス、お前もよいから、ゆっくりと朝食をお相伴させていただくがいい。俺は――」

トパーズ色の目が何かを告げるようにガウスを見つめた。

「俺は、レムスどのとさしむかいで話がしてみたいのだ」

「か……かしこまりました……」

そこまで、はっきりと云われてしまうと、なおもそれに対して異をとなえることはできなかった。それにトールだったらさぞかし文句もいい、おろおろもしたかもしれないが、ガウスは《竜の歯部隊》の隊長として、グインの命令に有無をいわさずそのまま従うよう、訓練されている。

心配げなガウスと部下たちを残して、グインはレムスともども、隣りのかなり小さな客間のほうへいざなわれていった。そちらの室も暗くカーテンがひかれており、すでに机の上に同じようにカラム水と香料、没薬のかごがのせられていた。グインはカラム水をことわり、レムスの向い側に腰をおろした。レムスはまたしても、巨大な銀の杯をもってこさせて、飢えたようにカラム水にたくさんの香料や乾果を入れて飲んでいた。

「変わった飲み方だ」

グインは、それらの用意をととのえた魔道師がひきさがっていってしまうと、ずけずけといった。

「そのように——ヴァシャを入れるのはパロふうとして知られているが、そのようにたくさんのいろいろなものを加えてカラム水をほとんど食物のように具を一杯にして飲むというのは、あまり見たことがない。——それは、ひょっとしてキタイふうの飲み方だとでもいうわけか？」

「キタイですって」

レムスはうすく笑った。そのやせた顔は何ひとつたじろいだ色も浮かばなかった。

「どうして、キタイなんです？　キタイにそもそも、カラム水はあるんでしょうかね？　あちらでは、いろいろかわったお茶を飲むとはきいていますし、なかには、貧しいものたちはパンをちぎってお茶にひたし、かゆのようにしてそれだけで食事をすませるという話もきいたことがありますが、カラム水はそもそもキタイにはないんじゃありませんか？　まあ、いろいろなものごとの発祥はみな、キタイかカナンだといいますから——そのふたつだってさらにおおもとをたどれば同じなのだともいうし——ありえないことではないかもしれませんけれどもねえ。なんといってもあれだけ広い地域なんですから」

「そうか」

グインは、じっとレムスを見つめていた。

それから、おもむろに切り出した。

「俺も、それほどここで時間を費やすわけにもゆかぬし、それはおぬしも同じことだろう。こうして、人払いをしたからには早速に肝心かなめの話にうつらせてもらいたいが、まずは俺に話がある、直接会いたいといったのはおぬしのほうだ。おぬしからはじめるがいい。――が、その前にひとつだけ、シュクではいけなくなった事情というのは何なのか、だけきいておこうかな。おぬしが標榜する率直さとはどのようなものか、俺にせよ心得ておきたいのでな」

「これはまた」

レムスはうすく笑った。そして、じっと、そのふしぎななんともいえぬ色の瞳でグインを見つめていたが、あっさりと云った。

「ゴーラ王イシュトヴァーンの軍勢三万が、シュクの北でシュク国境警備隊と衝突をはじめたからですよ。それはもう、あなたのほうがよくご存じでしょうに」

「まだ、衝突しているのか。何か決着はついたか」

「きのうは、夜遅くでしたからね。足もとも視界も悪いし」

レムスは云った。

「だから、衝突したといっても、それほどの激戦にはなりようもなかった。国境警備隊のほうが、音をあげてすぐに引き上げましたしね。引き上げよとの命令もきたし」

「それは、むろんおぬしから出た命令なのだろうな」

レムスはずるそうにグインをみてにやりとした。

「率直というのは、なんでもかんでも、尋問されるとおりに白状する、というようなことではないはずですよ、グイン。——まあしかし、情報は提供するにやぶさかでない、ことにそれほどわれわれにとっては重要ではない情報の場合にはね。……どちらにせよ、あのイシュトヴァーンがシュクの国境警備隊なんかを相手に本気になるわけはないし、というよりも、国境警備隊ではなから相手になれるわけはないんで、ちょっとぶつかっただけで、国境警備隊はあわててシュクの市門のなかへ引き上げましたし、イシュトヴァーンはそれをあえて深追いは避けて、われわれ同様とにかく朝がくるのを待つことにして——朝と同時に、シュク街道をはなれ、エルファのほうへむかって南下を開始しましたよ。国境警備隊はうしろから、かなり距離をおいて追いすがってはいますが、もう、本格的にかれらをおさえるつもりはない。イシュトヴァーンは、エルファからそのままサラミスへ下るつもりはなく、たぶんダーナムに攻め込んで、ダーナムをわが軍から解放する、というようなひと手柄をあげてから、それを手みやげにマルガに乗り込むつもりですからね。だとすれば、かれらはダーナムで相当手こずるでしょうから……そうさせておけばいいのじゃないかな。それにどちらにせよ、ぼくは……」

「……………」

レムスの目が、深い悪意をたたえて妖しくきらめいた。

「ぼくは、イシュトヴァーン軍など要りませんからね。……むろん、使えるときには使わせてもらうけれども、かれらはとっととカレニア政府に迷惑をかけにゆけばいいと思う。カレニア政府にゴーラ軍がついたときけば、ほぼ世界中がカレニア政府の敵になるでしょうからね……ケイロニアでさえ」

「――そう思うのか」

「むろんですよ。いま、ゴーラより評判の悪い国家というのはそうあるものじゃない。むろんその悪評というのはすべて、イシュトヴァーン王がもたらしたものですけれどもね。彼のさまざまな所行がね。……アムネリスへのしうちとそしてトーラスでの圧政と虐殺によってモンゴールは深くイシュトヴァーンをうらみ憎んでいる。クムもイシュトヴァーンが隣国の王であることに非常な危険を感じ始めているし、また今回のタルーの殺害は、あれはなかなかに、クム国民にとっては衝撃をあたえるでしょうね。なにもいきなり首にすることはない――たとえ反逆の公子といえどもクム国民にとっては、ひとたびは大公の世継として崇拝していた公子、生きたままクムにひきわたして、しかるべき裁判を受けさせてからクム大公タリクが特赦するなり処刑するなり、国民の納得のゆく方向で裁いたとしたら、それはそれでしたけれどね。――ことに、イシュトヴァーンが勝手にタルーをとらえ、拷問にかけ、殺害した、ということで、クム国民の国民感情は一気にゴーラとイシュトヴァーンに対して悪化するでしょう。――ユラニアでもね。

肝心のおひざもとのユラニアだって、全員が全員イシュトヴァーンに心酔してるという状態からはほど遠い。やはり、旧ユラニアに未練を残しているものもいれば、ネリイやユラニア大公家への仕打ちを心に刻んでいるものもいる。――ぼくのいとこどのが、あれほどなんとか急いであなたとの連絡をつけ、ゴーラよりも先にケイロニアと結ぼうとやっきになっていたのだって、もしもゴーラがカレニア政府のうしろだてになったら、カレニア政府の評判は一気に失墜するだろうし、そうしたらおそらくケイロニアも、そしてまたカラヴィアもたちまち、一切カレニア政府に味方しようという気持を捨てるだろうということが明らかだったからですしね」

「そうかな」

ゆっくりと、妙に意味ありげにグインはいった。そしてそのほかには何も云わなかった。

レムスはじっとそのグインを見た。そして、ややあって続けた。

「まあ、何にせよ、ゴーラ軍に助けてもらえば、相当にいま、その国なり軍なりは世界から白い目で見られることは確かですよ。……だから、ケイロニアだって、はなからゴーラと手をくんでどちらかの政権のうしろだてになるつもりはないじゃありませんか。……あなたはちゃんとそうしてその目で両方の政権のありようを見極めにいらしたけれども、本来なら――というか、あなたがケイロニア王でなければ、ケイロニアとしては内政不干渉主義を最大限にたてにとって、いっさいこの内乱には干渉も介入もしない、という立場を堅持したでしょうからね。……あなたがケイロニア王になったことで、ケイロニアも大きくこれから変わってゆくのでしょうが」

「ケイロニアのことはいい」

グインはたくましい肩をすくめた。

「それよりも、そろそろ、もっとかんじんかなめのことにふれてくれたほうが時の節約になるだろう。それとも、俺のほうから直接にこうきいたほうがいいのかな。……なぜ、俺とイシュトヴァーンをぶつけてかみ合わせようとしたのだ、レムス？」

4

レムスは、しばらく、黙っていた。

それから、おかしそうにゆっくりとカラム水を銀杯に注ぎ、ひと口すすり、そのなかから、没薬らしい何かの実をひとつつまみだして、口にいれてしがみながら答えた。

「どうして、ぼくがやったことだと思うんです、グイン？　ぼくがいったい何をしたと？」

「昨夜来、おぬしはいろいろと率直ということについて語っていたように思うのだが」

笑みを含んでグインは答えた。レムスは痩せた、重たいマントに包まれた肩をすくめた。

「むろんですよ、むろん。しかし、それは……さっきも申しましたね。なんでもかんでも尋問に答えるように正直にいうということとはわけが違うと。それは率直というものではない、ただの卑屈な屈従だとぼくは思うのですが、違うでしょうか」

「それは、まさにおぬしのいうとおりだな」

グインは笑った。

「なかなかどうしておぬしも七年のあいだにずいぶんと立派な論客になったと見える。……では、答えたくなければ答えなくてもよいが、おぬしの問いには答えておくことにしよう。どうしてぼくがやったことだと思うのか、ぼくがいったい何をしたと思うのか、とおぬしは聞いていたな。うしろのほうから先に答えよう。おぬしは、《竜の門》の騎士たちを魔道によって巨大化させ、それをけしかけてイシュトヴァーンの軍勢を攪乱して、俺がシュクに向かう軍とぶつけようとはかった。俺が直前で迂回したことによってそれは不発に終わったのだがな。そして、『どうしてそれをおぬしがやったことだと思うのか』についていうと、それはこうだな。現在、中原で《竜の門》が登場するならば、それはおぬしがかかわっているに決まっているからだ、とな」

「グイン、グイン」

レムスは空洞に風の吹き抜けるような笑い声をたてた。

「それはまたあなたらしくもない。まず、その《竜の門》とかいうのは何者なんです? それに第一、あなたの敵にはほら、例のグラチウス——〈闇の司祭〉とかいるわけじゃありませんか。あいつなら、そのように見せかけて——あなたがそのように考えるだろうということを計算にいれて、まさにそういう仕掛けを作って……ぼくがあなたとイシュトヴァーンをぶつからせようとたくらんだ、というような手のこんだ計略はいくらでもたてられるのではないですか？」

「《竜の門》については、俺はキタイで遭遇したし——おそらくこの中原で、それに直接、ぶつかったことがあるのはパロでいろいろ起こりはじめるより前には俺だけだっただろうと思う」

グインはいくぶんぶっきらぼうに云った。

「きくところによれば、最近のパロでは、しばしばこの《竜の門》としか思えぬ竜頭の怪物が出現し、また唐突に消え失せるという事件があいついでいるそうだな。結局アルド・ナリスの反逆の最後のきっかけともなったといえる、アルカンドロス広場での騒擾にも、この竜頭の怪物が出現してアムブラの民を虐殺して消え失せたときいているし、また、アルド・ナリスの反逆行、その展開したこれまでのいくさの途中にもしばしば、竜頭の怪物が登場したという情報もある」

「そのようなことをいうのは、あのヴァレリウスですね」

レムスはむっとしたようにいった。

「じっさい、ぼくはいとこどのよりも、あの魔道師めに腹がたつな。あんなに取り立ててやったのはぼくだというのに——あのくらい徹底的に恩義を裏切った男というのはぼくは見たこともない。もしもう一度ぼくの手中に落ちたら、こんどはもう、泳がせて間者に使おうなどという気はおこさず、徹底的に拷問した上、語りぐさになるような恐しい死に方をさせてやろうと思いますね。誰もがもう、その死にざまをおそれるあまり、パロの聖王にたてつこうなどとは思うこともできなくなるような死に方を」

「おぬしなら考えつくのだろうな、どのようなことをでもな」

グインはいくぶん冷ややかにいった。

「三千年の経験と、そしてさらにもっとほかの経験さえもが、おぬしにいろいろと教えてくれるだろうからな。――が、その情報をくれたのはヴァレリウスではない、俺が独自で開発した斥候だよ。ヴァレリウスのためにいっておくならばな。どのみち、いまおぬしのなかでは、彼の罪状というのは、それひとつ抜いたところでちょっとでも軽くなるようなものでもないのだろうが」

「まさに、そのとおりですね。もともと、ぼくのいとこどのは、口は達者だが、決してそう、実行力にとんだというほうではなかったですからね。見かけはよくごまかしているが、かなりなかみは女性的ですからね。だから、あそこであの魔道師めがけしかけたり、あおったり――どうやったんだか知らないが、その気にさせなければ、一生反逆などということは出来ないとぼくは思っていたのですけれどもね。するすると云っているばかりで。ましてあのからだで――そんなに愛国者というわけでもないんだし。いのちとひきかえにパロを救う、などとあちらが云っているのは、あれは真っ赤な嘘、とはいわないが、あまりにも美的に誇張されすぎているというものですよ。あの人は、もうどうしようもなくなったからああしたにすぎない。もしもあの魔道師めがいなかったら、いまだって、いろいろとちょこちょこ下らぬ陰謀ごっこをたくらみながらも、おとなしくカリナエで反逆者気取りでいられたに違いないんだ」

「辛辣だな。だがまあその話はもっとあとにしよう。ともあれ、俺は《竜の門》に遭遇したし、それを操るのは何者かということもわかっているつもりだ。――もう、この場で聞いてもかまわぬのだろうな？　俺はいま、誰と話をしているのだ？」

「何をおっしゃるんです」

レムスは静かにいった。

「おっしゃることがわかりませんね」

「これは率直の問題じゃない。俺は、ここにくればあるいはその者に会えるのかもしれぬと思って来たのだ。俺は――キタイの竜王ヤンダル・ゾッグと会談をしているのか？　それとも、そうではないのか？」

「ぼくはパロの聖王レムス一世、それだけですよ」

レムスは、怒りもせずに答えた。その目がかすかに赤いきらめきを帯びてはいたが、そのおもては何の動揺も示してはいなかった。

「知っていますよ――ずっと、中原でも……あちらのあの反逆大公、偽りの聖王どのが、必死になって、ぼくにキタイ王ヤンダル・ゾッグに憑依された傀儡、という汚名を着せようとしてきたことは。またその前にはぼくがキタイの魔道師カル＝モルに憑依されている、といううわさを熱心に流してくれていたし。かれらの話をきいていたら、ぼくはまるで、ありとあらゆる怪物、妖魔、幽霊にとりつかれたあわれなただの墓石かなにかのようだ。——だが、ぼくはぼくだ、たとえかれらがどう思いたかろうとも。……そう、認めますよ。グイン——カル＝モルは確かにぼくに憑依したかもしれない。だが、そのようなものにぼくは屈服しはしなかった。ある意味確かに、カル＝モルの存在をぼくは感じていたし、それは……それは、ねえ、グイン、あなたも知っているでしょう、あのノスフェラスでの出来事だったはずですよ！　あの恐しい夢をみて……それからぼくは、たびたびその男と夢のなかで会うようになった。彼はぼくにいろいろなことをすべて教えてくれた——ひとを疑うことや、ひとを信じないことや、ひとを憎むことや、呪うことや……ひとを愛さないことをも。ぼくの柔らかかっただけの魂に、彼はいろいろな呪詛を仕込んでくれた。だが、それだけのことですよ——最終的には、ぼくが勝った。この争闘については、ぼくが一番よく知っています。ぼくはある夜、カル＝モルにもうお前にぼくのからだを自由に使わせはしない、と言い渡したんです。さんざん、幽霊にとりつかれている、魔道師の幽霊がみえる、などとひそひそとうわさされることに、ぼくは本当に耐え難く苛々していた。だから……」

「だから、その親玉のほうに身をまかせ、下っぱは追い払った、というわけか？」

グインのトパーズ色の目があやしくきらめいた。

レムスは目を赤く光らせてグインをにらみかえした。

「それは、何を云いたいんですか？　もう、皮肉や遠回しな探りは沢山ですよ……率直にお話がなさりたくてここまできたんでしょう？　ぼくも、率直にいいますよ……ぼくにはケイロニアの力が必要です。いや、ケイロニアの力は本当は必要ない。そのようなものがなくても、ぼくにはなんとでもなりますからね。ただ……ぼくは……ぼくは、ケイロニアがカレニア政府についてしまうのが困るのです」

「……」

「さあ、どうです？　これ以上できないくらい率直に喋っているとは思いませんか、ぼくは？——そう、何も、ケイロニア軍に、クリスタル軍に兵をかしてくれだの、力を貸してくれ、ともに戦い、条約を結んで味方となってくれなどと云っているわけじゃないのです。ですから——もしもあなたが、これまでどおりアキレウス皇帝の外国内政不干渉主義を守り、ケイロニアを守っておとなしくサイロンにいてくれるのだったら、ぼくにせよこんなところまで出てくる理由はまったくなかった。ケイロニアには充分な敬意をつねに表しているし、これからさきもそうだと思いますしね。またゴーラ軍は……ゴーラ軍ならとるにたらない。あれの叩きつぶしかたはよくわかっているし、このままゆけば、イシュトヴァーンのゴーラは簡単につぶれるでしょう、放っておいてもね。あれだけ無茶なことをしてばかりいるし、その上にしてはいけないことばかりしているし。

——これまで、イシュトヴァーンはひどく幸運に綱渡りをしてきたと思うし、その意味では確かに彼は立派な一流の博奕打ちですね。どの一瞬にも滅びても何の不思議もなかったはずなのに、彼は、ああしてついに全部の目をいいほうにかえて、ゴーラ王と名乗るところまでこぎつけた。だが、今回はやりすぎだ、というよりも今回はしくじったとぼくは思いますよ。まだ建設中のイシュタールをおいて、まもなく子供の生まれるアムネリスを幽閉したまま、しだいにイシュトヴァーンから心のはなれつつあるカメロン宰相にゴーラをあずけて、強引に三万の兵をつれてパロに突進してきた。あれは、何故だと思います、グイン？」

「……………」

「まあ、あれこそはいとこどのの魔力、といってもいいですけれどもね——それも確かにひとつの原因でしょうね。カレニア政府と共闘する、という幻想ね。——でもそれにも増して、イシュトヴァーンはひどく焦っているんだと思いますよ。焦っているというか、これまで、そうやって、危険なところへ突進してはそれをいい目に、大当たりのヤヌスの目にひっくりかえしてきつづけたでしょう。だもので、今度は、ドールの目が出そうなところこそ、ヤヌスの目がひそんでいて、おのれはそういうものを拾わなくては大当たりにぶつかれない、とそう思い込んでしまったんですね。……気の毒に、これが、博奕打ちの怖いところですね。戦争だの、政治なんていうものは、博奕ではすまされなくなるんだから、いずれ。——今度、いまここで突っかかっていった相手はこれまでのような——もう息絶えかけている死に体のユラニアだの、最初から国家のていをなさなくなっていたモンゴールとは違う、ということが、あの野盗あがりの男にはわからないんです。というか、何にもわかっていやしないんでしょうね。ただ、おのれの中のもやもやするものにひきずられるようにして突進してくる。そして、火をつかんで狂ったように踊りまくって——そのうちに、からだじゅう火だるまになってほろびるはめになるでしょう。あれは放っておいたところでどうということもない。いまやいとこどのは、これが最大の計算違い、なんとかして、ゴーラ軍のお力を拝借する羽目になることからまぬかれたい、とそればかり案じていることと思いますけれどね。確かにあの人の反逆をけしかけたのは、ひとりはヴァレリウスだったけれどもうひとりの直接のきっかけとなったのは確実にあのイシュトヴァーンだ。だから、その意味では恩義はあるけれども——恩義かうらみかわかったものじゃありませんが——でも、あのときとはあまりに事情が違う。いまのイシュトヴァーンに味方につかれるということは世界から孤立するということだし、そうなったらその孤立した連中をつぶすことなど実にたやすいですからね……イシュトヴァーンを本国から切り離しただけで、ユラニア、いやゴーラもそしてイシュトヴァーンの遠征軍もどちらもそこで立ち枯れてしまうしかない。そのていどの底力しかまだないんだから。あなたとサイロンのつながりとはわけが違う——どうなのかな。カメロン宰相は、イシュトヴァーンがもう戻ってこないとわかったら、アムネリスをおのれのものにして、ゴーラの——というよりユラニアの新大公として即位しようという気をおこさないだろうか。あの男がアムネリスに対してひそかに何かあったんじゃないか、というのはイシュトヴァーンもおおいに疑っているんですからね……腹の子は本当はカメロンの子なんじゃないのかとさえね……」

「……………」

「そう、イシュトヴァーン軍なんか、ぼくはちっとも恐れていやしない。ぼくが恐しいのは、あなたなんです、グイン。だから……」

「だから、イシュトヴァーン軍に俺と遭遇するようにさせ、そしてそのままこんどは、戦意をそらされてかっとなっているイシュトヴァーンに国境警備隊をけしかけて深追いさせ——そうやってイシュトヴァーン軍をまんまとパロ国内深く進出させたということか。なるほどな——確かにイシュトヴァーンがパロ国内に深入りすればするほど、イシュトヴァーンを本国から切り離して、ゴーラをも、イシュトヴァーン軍をも窮地におとしいれるのはたやすくなるだろうからな」

「補給だの、援軍だのってことは、あいつはまったく考えてさえいないんだから。いまだに野盗の気分が抜けないんだ……これでこのままシュク街道とエルファのあたりをさえかるくふさがれてしまえば——もう、ゴーラに戻りようも連絡のとりようもなくなるし——事実、もうゴーラへの彼の伝令は、全部こちらでおさえてしまっていますしね。本当は、伝令ににせの情報をもたせることだって簡単なんですけどね。魔道へのそなえなんて、あちらはまったくしてないままなんだから。——でも、このままダーナムくらいは好きにさせてやっていい気分にさせて……それでマルガまで下らせてみたほうが面白いですね。ナリスはどれほど困るでしょうね……そのまえにきっとカラヴィア公アドロンは長い沈黙を破って、もしもカレニア政府がゴーラと結ぶなら、カラヴィアはカレニア政府をやはりパロの敵とみなす、つまりはぼくの側につく、という声明を発表するでしょうしね。そういうことになっているんですよ……その最後通牒があったあとで、マルガにゴーラ軍をひきいたイシュトヴァーンが手柄顔でおしかけてしまったら……」

レムスは神経質なくすくす笑いをもらした。それだけは確かに、かつての十七歳の神経質な国王のよく見せていたものであった——グインにはそうと知るすべもなかっただろうが。

「どうです。……そう考えただけでも、おかしくて、面白くて、腹をかかえてしまいませんか。——ナリスも、イシュトヴァーンも、むろんヴァレリウスも……みんなそろって困惑して立ち往生になるんですよ。……いや、イシュトヴァーン自身は、おのれがどんなまずい立場になっているかまだ気がつかないんでしょうけれどね。でもヴァレリウスなら、いや、ナリスなら、かな。あまりに不都合だと思えば……あるいは、とことん追いつめられれば、イシュトヴァーンをおのれの手で暗殺してでも、という結論に落ち着くんじゃないですかね……そうすれば、なにもこちらが手を汚すこともない……イシュトヴァーンは自らの所行のせいで滅びてゆくことになるし、ゴーラはカメロンがひきつぐだろうし、そして……ナリスは——カラヴィアの参戦を失い、イシュトヴァーン軍もそうやって自ら追い払ってしまえばもう、あとには何ひとつないといってもいい——もう、カレニア軍とマール公騎士団とサラミス騎士団くらいでは、どうにもならない……そうなってからですね。ぼくがゆるゆると、反逆者の掃討の大軍をひきいてクリスタルをたつのは。……まるで、巨大な鯨《ガトゥー》が小魚をひと飲みにするような仕事ですね。いや、まあ、最初からそうだったんですけれどね。どちらにしても——でも、まあ、多少の体裁とか、体面というものはあちらにもととのえさせてやらなくてはなりませんしねえ……」

「………」

「そして、だから、そのためには……ケイロニアだけが問題なんです。グイン」

「——なるほど」

「どうです。これ以上率直に語れといわれても無理なくらい、ぼくは率直でしょう。ついでにもうひとつおたずねしますよ……ぼくがこれだけ率直に語っているんですから、あなただってそうして下さるだろうと思いますからね。……あなたは、いったいなぜ、ナリスに──あのみじめな敗惨の反逆者、すでに生ける屍となりはてている死に損ない、もうドールの黄泉に半分住んでいるも同じ生き人形に味方しようなどという気をおこしたんです？　いや、そうでもない、こうしてぼくに会ってくださるからには、必ずしもそうではない。見定めようと思ってきたわけですからねあなたは──ふたつのパロの真相を。そしてあなたはぼくが率直に語るのをきいた、それで、あなたの気持はどのように変化したんです？──それともうひとつ、あなたは……いや、ケイロニアは、でもいいが──どんな条件で、このパロ内乱から手をひいて──もとの外国内政不干渉主義に戻れるんですか？　ご相談に応じますよ──領土の割譲でも、通商、交易についての条件の改正でも……あるいは賠償金──というか、礼金であれ、何かの条件であれ………」

「条件か」

ゆっくりと、グインはいった。レムスの目があやしく輝いた。

「ええ。どのような条件でも。相当なところまで妥協してさしあげますよ。じっさい、いまのパロ──つまりレムス・パロという意味ですが──にとって、ただケイロニア一国だけが邪魔……といっては申し訳ないが、目の上のたんこぶですからね。でもいま、ぼくにはまったくケイロニアと──ましてあなたと戦う気はない。むしろ、それこそが一番避けたいことなんですよ、何があっても。だからこそ――たいていの犠牲はそのためには喜んで払いますよ。……何がお望みなんです。カレニア王の名でさえ喜んで進呈しますよ……カレニアをケイロニアに割譲しましょうか？　それとも……」

「俺の条件は……」

グインはかるくテーブルの上に身を乗り出した。そして、低い、だが非常に明瞭な声でいった。

「俺の出す条件は、キタイの王、ヤンダル・ゾッグが全面的に中原侵略から手をひき、パロを撤退することだ。それが承知なら、喜んで俺は兵をひき、ケイロニアはまたもとの外国内政不干渉主義に戻ろう」

「……」

レムスは――

しばし、黙り込んでいた。

それから、どう答えたものかと考えあぐねたかのように、ゆっくりと目をふせ、また目をあげ、おもてをあげ、あたりを見回した――まるで、空中の――それも空のたかみのどこかから、助けの声でもが聞こえてくるのを期待してでもいるかのように。

「何といわれた？」

それから、時間をかせぎたいかのように、レムスはそうきいた。

グインは、さらに明瞭な声で云った。

「俺が兵をひく条件は、キタイ王ヤンダル・ゾッグの、全面的な中原、ことにパロからの撤退だ。——それ以外には一切条件はない。だが、今後とも、もしもまた、ふたたびの侵略がたくらまれるのなら、俺はいくたびでも兵をひきいてパロにむかってたつだろう。いや、それがパロだけではなく、沿海州、モンゴール、海岸地方、草原、よしんば南方諸国であろうとも——中原及びその周辺諸国にキタイの侵略の手がのばされるかぎりにおいて、俺はいくたびでも、またどれほどの兵をでも投入し、どのような犠牲をはらってでもその侵略を阻止するつもりだ。グラチウスとは決して手を組むことはありえぬだろうがな。それだけは安心してもらってもよい——俺は、中原を《暗黒魔道師連合》にも、またキタイの竜王一族にも売り渡すつもりはない——俺は、中原が中原たるの自治を守るだけだ。それが、この俺がよりによってケイロニア王となったというヤーンのおぼしめしの意味なのであろうと俺は心得ている。云いたいことはそれだけだ。ヤンダル・ゾッグ——いや、レムスなのか。どちらでもかまわぬ……どうせ、レムス当人であるにしたところで、どこかで確実にヤンダル・ゾッグが聞いているのだろうからな。俺には感じられる。俺には何故かは知らず、そのことがはっきりとわかるのだ」

「………」

またしても——

ていた。

レムスは、ことばに詰まったかのように、しばらく、くちびるをかみしめ、うつむ

が——

ややあって、おもてをあげたとき。

その痩せた顔には、ぶきみな、なんともいえぬ嘲笑とも、苦笑とも、失笑とも——ひどく不愉快な、そして妙に非人間的な笑みがくっきりと刻まれていたのであった。

「なるほど……」

ゆっくりと——おそろしくゆっくりとレムスは云った。その目が、半目に伏せられ、そしてそのまぶたの下からうかがうようにグインを見た。

「なるほど、あなたは……そういうふうに断定してしまうわけだ……」

かすかに、こんどは憫笑ともいうべき笑みがレムスの口もとをかすめた。

「ならば、あなたは……申し開きの余地もなにもあらばこそ——これだけぼくが率直に語っても、それはそれときいて——そのようにぼくをヤンダル・ゾッグと同一人物と決めつけてしまうのですね？……だとしたら、あなたは、アルド・ナリスよりもっとひどいですよ……あの人は、一応当人としては証拠をつかんだと信じているのだから。でもあなたはそうじゃないはずだ。いったい、何を証拠にぼくがヤンダル・ゾッグだと——あるいはぼくがヤンダル・ゾッグにとりつかれている、と断言できるんです？……確か

に、たくさんの魔道師だの、いろいろなものがそういっているのは知っているし、それに……」

「もういい」

グインの声はしずかだったが、しかし、おそろしいほどの力がこもっていた。

はっとしたように、レムスが、口をつぐんだ。

「もう、充分だ。……俺は、みなが危険だととめるのをあえてふりきって、直接に一回ともかくもお前と——レムスと会ってみようと思った。とにかく、いまのお前がどうなっているのか、それをこの目で確認せぬことにはどうにもならぬと思ったからだ。また、どのような窮地からでも、あえていうが脱出できる自負もあった。あの——あのおそるべきキタイの鬼面の塔からでも、またさらにおそるべき望星教団の本拠地からさえも、結局無傷で脱出してきた俺であればこそな。俺はこの中原でただひとり、直接にキタイでおきていることを目のあたりにした人間だ。いいや、むろん、キタイでおきていることのすべてではない。だが、俺は中原にいては想像もつかぬたくさんのことを目にしてきた。そして、また……」

グインのからだが、ふいにぬっと巨大になるような錯覚を、レムスでさえ覚えた。グインの目は、あやしい金色の激しい光を放って火のように燃えていた。

第四話　竜王と豹頭王

1

「そして、また……」

グインは、おのれのなかにたかまってくる激しいものをこらえかねるかのように、ことばを切った。

レムスは身じろぎもせぬ。じっと、そのあやしい瞳でグインを見つめながら待っている。

「そして、また、俺は——この俺自身が、直面してきた。キタイでおこっているふしぎな出来事の数々にも——そしてそれを隠そうともせず誇っていた、竜王ヤンダル・ゾッグ自身にもな。……さあ、もうよいだろう、レムス——それとも、ヤンダル・ゾッグか。俺は、誰と話をしているのだ。誰と話を続ければいいのだ？　パロの聖王レムス一世とか、それともはるかなキタイからやってきてパロの聖王のうしろにひそんでいる、竜王ヤンダル・ゾッグとか？　それを、もはや、はっきりさせるべきときだ。お前は誰だ？」

　まるで、大剣でまっこうから斬りつけるにも似た――

グインの厳しい声を、《レムス》は、ふしぎな静寂をもって受け止めた。

　そして、目をふせたまま、ちょっとだけ苦笑した。

「ぼくは、ぼくですよ――ぼくは、レムスです。そのほかになんだというのです。カル＝モルについてはお話したでしょう――もう、ぼくのなかで、そんなものははるかな昔の痕跡にしかすぎなくなってしまったと。――あなたには、失望したな、グイン。もっと、思いがけないところから切り込んで――ぼくとちゃんとふれあい、ぼくの言い分をきいて下さるのかと思っていた。どうして、レムスとヤンダル・ゾッグ、そのどちらかでなくてはならぬと決めつけるのです？　もしぼくが本当にレムスであったら、それならあなたはどういうふうに話をすすめ、ぼくがそれなら、ヤンダル・ゾッグであったならどうするというんですか？……あなたは、どちらとそもそも、会いたくてここまできたんです？　ぼくレムス、それとも――」

「俺が見極めにきたのは――お前がレムスだといいはるのなら、レムス――俺が見極めにきたのは、まさしくそのヤンダル・ゾッグとレムスとのかかわりが実体はどのようなものであるのか、を知るためだ」

グインは眉ひとつ動かさずに答えた。

「もしお前がレムスなら――そして、ヤンダルからの遠隔操縦によって動いているのではないと言い張るのなら、俺はお前と話がしてみたい。お前がいま何を考え、どうこのさき国王としてこの騒擾を鎮めてゆこうと考えているのか、どのようなさきゆきの展望をもっているのか、それを正確に知り、それに対しておのれの立場を考えてみたい。――だが、お前がもしも、ヤンダルに操縦されている傀儡にすぎぬのなら……」

「………」

「そのときには、お前とする話はない。俺は、直接に、ヤンダルと話をしたい。――だからこそ、さきほどのようにいったのだ。お前は、俺のさきほどの提言をきいてどのように考える。ヤンダルがもしもお前をその脳味噌ごと人質にとっているのでなければ、お前はパロの由緒ある聖王家に生まれ、アルカンドロス大王に認められたいまのところ唯一の正しいパロの王――そうであるからには、パロの王としてのお前自身がまず、もっとも、キタイの王におのれとおのれの大切な祖国が利用されることを拒み、抵抗をもつはずだな。そうではないのか」

「この世のなかはグイン、いつもいつも前と同じではありませんよ。たえずそれはうつりかわり、進歩してゆくものです。パロの文化と伝統は大切だけれども、もしもよりよい可能性が開かれるのだったら、むろん、キタイとでも、ケイロニアとでも、交流をもち、あらたな局面へ、パロは進んでゆかなくてはならないとぼくは思う」

「詭弁だな。キタイがパロに対して持っているたくらみは、パロの文化を進歩させ、発展させる交流などという次元のものではないはずだぞ」

「なぜ、そう言い切れるのです。それについて、いったいあなたは何をご存じだというのです」

「だから、云ったはずだぞ、レムス。――俺はこの目でキタイを見てきた唯一の人間だ――そして、また、ヤンダル・ゾッグと直接に心話をかわした、唯一の存在かもしれぬのだ、とだ」

グインは、叩きつけるようにいった。

しだいに、室のなかに――

奇妙な緊張感がたかまってきていた。目にみえぬ、緊張の波のようなものが、グインとレムス、二人しかいない室のなかに、じわじわと足もとのほうから生まれ、室を埋め尽くし、そして、ゆっくりと、二人を頭のさきまで飲み込んで、その上で激しくその緊張をたかめてゆこうとしている――そんな感じがある。

だが、グインも、レムスも、そのようなことを気にとめているいとまもなかった。

レムスの目は、まだ半目に開かれたまま、じっとグインを見つめている。それから目をそらしたほうが負けだといわぬばかりに、グインも、じっとレムスのそのあやしい目を見つめ返している。はたからみたら、一瞬も目をそらさずに見つめ合っているだけのように見える、二人の王のあいだに、うっかりと手をふれたらぱちぱちと激しい火花を散らして音をたてんばかりの激烈な電流のようなものがとびかっているかのようだ。

「あなたならば、おわかりになるはずだ。グイン」

レムスは、どう答えようかと考えるようにちょっと間をおき、それからまた、おもむろに切り出した。

「もしもぼくがかりにキタイによって操縦され――脳をのっとられているとはあえていいませんが、キタイ王の傀儡としてあやつられているおろかな、あわれむべき存在になっているのだとしたら、アルカンドロス大王は決してぼくをパロ聖王として認めなかっただろうし、また、キタイの侵略とゴーラの侵略とはなぜ、その意味が違うと中原の人人は主張するのか。いや、少なくとももはや、ゴーラの侵略もまた秩序の紊乱行為として糾弾されつつあるかもしれないが、それだったら、ぼくがゴーラを敵とみなし、それと手を組むことをいなんでいるのは正しいことであるはずだ。ゴーラに対しては正しく、キタイに対しては正しくないとぼくのとる態度をもし、あなたが切りわけるのだとしたら、ぼくは、あなたが、キタイに対してのみ偏見を抱いているのだと指摘したいな」

「お前のいうことは、俺には、何ひとつ実のないくりごと、詭弁にしかきこえないぞ、レムス」

　グインは静かに云った。

「お前はさきほどから、俺のいうことに何もまっすぐに答えようとしておらぬ。もう、ずっとさいぜんからだ。お前はかわりにゴーラのイシュトヴァーンの話や、あらぬ話をあれこれと持ち出しては、話をそらそうとしているように俺には思われる。何か、俺に直接に答えては具合のわるいようなことが、お前にはあるのか」

「だから、ぼくはこの上もなく率直にお話をしていると申し上げているではありませんか。何回も。――あなたは、ぼくが、いったい、何の話をそらそうとしているとおっしゃるんです。グイン」

「キタイ王ヤンダル・ゾッグが中原から一切手をひくことが、ケイロニアが兵をひく唯一の条件だ、と俺が云っていることについてだ、レムス」

　グインはするどく云った。

「お前がもしもキタイ王と何のかかわりもないのであれば、それはパロの平和と独立を守るため、パロ王たる自分にとってもこの上もなく望むところだ、と思えるはずだ。また、お前がキタイ王自身となんらかの連絡があるなり、キタイ王がお前のうしろにひそんでいるなりするのであっても、それはそれでよい。お前なり、キタイ王なりが直接に俺のことばにこたえてくれるのであれば、俺はそれでもかまわぬ。俺がここにいるのは、お前がキタイ王の傀儡になったことを糾弾にきたわけでもなければ、この世の正義を代表してのことでもないからな。俺はただ、ケイロニアを守り、中原を守るというだけのおのれの信念に従って動いているにすぎん」

「それが、この世の正義を代表している、といっているのとどこが違うのだろうか、ということではないかと思うのですけれどもね」

レムスはうすくあざわらった。その目がまた、ゆるゆると半目にまたたいた。

「それはまったく違う。お前がそのようなことばのあやをもてあそんで時間のばしをしたいというのであればな、レムス、いまひとたびだけはつきあってやらんものでもない。だがそれ以上はごめんをこうむるぞ。——お前はそのようにいう。だが、その実おのれでも、そのおのれのことばが理屈になっておらぬことは承知の上なのだろう。キタイにはキタイの正義があり、キタイ王はそれに従って動いているのだろう。それはわからぬではない。だから、俺は中原の利益をしか守らぬ、というのだ。俺がキタイに所属しておれば、あるいは俺はキタイのために戦っているかもしれぬ。だが俺はいま現在ケイロニアの王だ。そしてケイロニアにとって中原の平和と秩序が守られることが重大なのだ。だから俺は中原を守らなくてはならぬと考えるのだ」

「——なるほどね。だからこそ……」

かすかに、レムスは口元をゆがめた。あやしい、奇妙にアルカイックな嘲弄の表情が、その痩せこけてはいてもまだ端正さを残した顔をぶきみな、はるかな東方の仏像のような印象にかえた。

「だからこそ、あなたを——誰もが望むわけだ。……そのあなたをみずからの味方として手中にすれば、どれほど巨大な力がうしろだてについてくれることになるか、と考えてね。……そうでしょう」

「………」

「そう、でも……」

レムスはゆっくりと目をとじた。

そのやせた顔に、瞑想的な、僧侶めいた風情が漂った。が、その目をゆっくりとまた開いたとき——

《レムス》の相貌は、ぶきみにうつりかわっていた。

さながら、一枚の仮面が、すうっと横にぬきとられ、ことなる仮面がその下からあらわれてきた、とでもいうかのようだった。それはまったく同じ顔でありながら、なぜか造作そのものまでもそうやってすりかえられてしまったかのようにみえた。

もう、《レムス》の顔は、おだやかでも、あえていうならば人間的でさえなかった。

何かぶきみな、まったく《違う》もの——その顔の皮の一枚下にはまったく通常のこの世の人間が知っている、「ひと」と呼ばれている存在とは別の魂がひそんでいるのだ、とでもいうかのような、奇妙なひどく非人間的な無表情さが、その顔を支配していた—

――というよりも、まるで、突然かれは機械にでもなってしまったかのようだった。その目はうつろで、もはや何もうつしてはいないかのようにみえた。それでいて、かれはごくふつうに、当たり前の人間のように、生きていた――それがいっそう、なんともいえぬぶきみな感じをあたえた。突然動き出した彫像、というべきか、それとも、むしろ、命令のままに動かされている、魂のないからくり仕掛けの人形というべきか。その目はもう、かわらず半目に見開かれてはいたが、グインをうつしてはおらず、グインだけではなくまわりの何ものをも見てはいないかのようにみえた。その口がかすかに開いたが、そのなかからもれてきたのは、さきほどまでとは似ても似つかぬ、奇妙な、

「ギ、ギイ……」

というようなきしむような不快なうなり声でしかなかった。

グインは注意深く《レムス》の変容を見守っていた。彼は当然それを予期してもいたし、またむしろ、それがいつおこるか、いつやってくるのかをこそ、恐しく緊張して待ち受けていたのである。彼のするどい目はいかなる変化をも見逃すまいとするかのように《レムス》の青ざめた痩せた、髑髏を思わせる顔の上に向けられていた。

「ウ……ウ……」

ゆっくりと、《レムス》の唇が動いている。それはまるで、その動きかたを、そのなかにいてそれを操っているなにものかが、あらためて確認し、ためしている、とでもいうように見えた。それから、《レムス》はふいに、動きのなめらかさを完全に取り戻し

て、顔をあげ、グインをまっすぐに見返した。

「とうとう、ぬしは、われを呼びいだすことに成功したな」

《レムス》の唇がまた動き出したとき――

だが、そこから流れ出してきた声はもう、あきらかに、レムスのものではなかった。

それもまた、グインは驚かなかった――というよりも、そうでなかったらむしろいっそう仰天したかもしれない。

「やっと……あらわれたのか。ヤンダル・ゾッグ」

グインは静かにいった。その目はさらにいっそう油断なく燃えて、じっと憑依されたパロ王のすがたを見つめていた。

「こやつめ、しだいに扱いにくくなりおる。――最初は、カル＝モルの怨霊にさえ手もなく操られておったのだ。だが、そののち、ノスフェラスの種子を放出し、カル＝モルを吸収しおおせて以来、とかく、われが自在に入り込み、操ることに、生意気にもしきりと抵抗しおるのだ。困ったことだ」

「……それでは、レムスにも、まだ自由になる余地はまったく残されていないというわけではないということだな」

グインはつぶやくようにいった。《レムス》はおもむろに、あざけるように顔をあげた。グインは予期はしていたものの、ある種の衝撃をうけて、はっと身をかたくした。

《レムス》の見開かれた目は、まったく瞳孔も眼球も失い、ただの、真紅の闇でみたされたぶきみな空洞であった。

「自由？」

ヤンダル・ゾッグはあざけるようにいった。その声は、心話と《レムス》の口を通してのことばと同時に放たれてくるらしく、グインの頭のなかにもいんいんとひびいてくるかのようだった。

「そのようなものは、迷妄にすぎぬ。――いまだかつて、この世の愚かしき人間どもがひとたびでも、まことの意味で自由であったことなどあったか？　きゃつらはつねに、時の奴隷であり、感情の奴隷であり、そしてみずから望んでくびきの下に入る、支配されることを望む愚かしい家畜にすぎぬよ、ケイロニアの豹頭王よ」

「お前とこのようにことばをかわすのは、はじめてだな、ヤンダル・ゾッグ」

グインは油断なく身構えつつも、興味深そうに云った。

「かつて、ノーマンズランドで遭遇したときには、お前ははるかなシーアンからの《声》にすぎなかった――お前の息吹はそれだけでも、俺のうちに、おそろしいほどにくっきりとやきついた。――最初から、レムスのうしろ、というよりもこの地方全体に、お前の息吹が漂っていることを俺ははっきりと感じていた――これほど強烈な気配というのはめったにあるものではない。お前が万一にもおのれの気配を見る目あるものにたいしてたばかることができるとでも思い違いをしているのであったら、即刻その考えは捨てたほうがよいぞ――まるで、空気そのものに《ヤンダル・ゾッグ》という刻印でもしてあるかのように、お前の存在する気配というものは、俺にはすぐに感じられるのだ。どれほど遠くにいようともだ！」

「それは、非常な褒め言葉ととっておかねばなるまいな。豹頭王よ」

ヤンダル・ゾッグは答えた。しだいに、《レムス》のからだをあやつることに馴れてきたかのように、そのいんいんたる声はしだいになめらかに《レムス》の唇からほとばしってくるようになり、そして、その能面のような無表情なおもてをとおして、グインには、その奥に存在している竜王の嘲笑や、好奇心の表情などが感じ取れるかのような気さえした。

「それに、ノーマンズランドでの短い遭遇をそのようにはっきりとぬしが記憶していてくれているというのもだ、グイン。それも、われにとっては光栄といわねばなるまい。……そして、あの折にいったとおり、われは、ぬしを無事にキタイを脱出することを許した。――いずれは、このようなかたちで、はるか中原で遠からず遭遇するであろう、ふたたびまみえるであろうと、知っていればこそ、ぬしはわれからいかなる妨害も受けることなく――それどころか、われに遠くから見守られつつ、安全にわが領内を通り抜けておのが領土に帰り着くことができたのだ、ノスフェラスの王よ」

「それについて、俺に礼をのべよというのか？　だが、それはお前にしてみれば、いずれあらためて中原で会うための手続きにしかすぎなかったのであってみれば、ことごとしく礼をいうような事柄でもあるまい」

グインは重々しく答えた。

「また、あの折に、いずれまたまみえるであろうとお前が予告したことはいまなお俺の記憶にくっきりと残っている。——お前は、シーアンで会おうと俺に云ったのだ」

「それは、少しぬしの記憶違いと云わねばならぬだろうな。われは、シーアンで会おうとぬしに約したのではない。われは、シーアンにいずれ、ぬしを迎え入れる、とそう云ったのだ。覚えてはおらぬかな」

「覚えているとも」

グインはやや獰猛に牙をむきだした。

「だが、それについては俺は何も答えなかった。俺にはシーアンにおもむくつもりなどない——中原の平和を守るため、どうしてもそれが必要であるとなれば話は別だがな。もしもきさまがシーアンでたくらんでいることが、中原のみならず全世界をおびやかすことであり——そして、それがいずれは中原にも、そして当然ケイロニアにも及んでくるとあれば、それは万やむを得ぬ。俺はシーアンになり、またこの世のはてまでも、きさまと対決するために出立するだろう」

「由々しきますらおぶりなるかな！　だな、豹頭王よ」

　ヤンダル・ゾッグは低く嘲笑った。その重々しい声音も、そのはてしなく年を重ねたかのようなことばも、そのうら若い器と化したレムスに何ひとつ似つかわしくはなかったのだが。

「まことにぬしはそうして、さだめられたとおり順調に中原の守護者、守り神としてのおのれにむかって突き進んでゆく。──だが、そうあればあるほど、われにとっても、またわれの小生意気な対抗者どもにとっても、ぬしは目障りにして、しかもおおいに手にいれたい存在となってゆく──最前、このわれの使い勝手のよくないからくり人形が口にしていたとおりにな」

「ヤンダル・ゾッグ！」

　グインは、いくぶん、声を荒くした。

「よそごとはもういい。俺にせよこのようなところまで、きさまに会えるだろうと考えてきたのは何もそうして世界の森羅万象について考察をめぐらしたり、魔道師めいた宗旨問答を戦わすためではない。肝心かなめの話をしようではないか──このような機会はそうあるものではあるまい」

「まったくだな」

　ヤンダル・ゾッグは賛意を表した。かすかに、グインをおしつつむ、濃密なまわりのはりつめた空気がそのヤンダル・ゾッグの低い笑いにこたえるかのようにふるえた。

「むろん、われとても、こうしてぬしと直接にことばを交わせるとおもえばこそ、かく出むいてきたのだが——このごろは、われもすでにパロでなすべきことのなかばは終えたも同然ゆえに、あまりこの美しい、だがすでに滅びを内包している古いたそがれの国に長逗留していることはないのだよ。……それについては、ぬしがこののち、マルガに下ってマルガのあの美しい、だが壊れかけている人形に告げて安心させてやるのならそれもよいが。——とかくこの器はわれに生意気にさからいおるし——」

ヤンダル・ゾッグは——奇妙ないいかただが、《レムス》をこづいた——ように見えた。《レムス》の意識のないからだが、まるで、内側から乱暴にこづかれでもしたかのようにゆらゆらと揺れたのである。だが、むろん、《レムス》は本来のかれを取り戻すようすもなかった。

「しだいに使い勝手が悪くなってきているしな。……その上に、いろいろと——ぬしがよけいなたくらみをしてくれたおかげで、お膝元のキタイの情勢もまた不穏になってきつつある。ぬしが知りたければ教えてやろうが、あのリー・リン・レンについてはずいぶんとまあ、よけいなことをしてくれたものだ。……われが現在手を出すことのできぬ、唯一の相手にきゃつを預け、われがあのこざかしい芽をつむことがかなわぬようにしてくれたことだがな」

「………」

グインは、おのれの胸のうちをじっと押し隠して読まれまいとするかのように押し黙っていた。

ヤンダル・ゾッグは赤く燃える目でじっとグインを見つめた。

「まあよい。——ぬしにひとつ、下らぬことを教えてやろう……知ったところで、ぬしにはどうすることもかなわぬような下らぬ知識だがな。……このパロの王を名乗る頭でっかちの若僧については、われもなかなかに、見損なっていたものだよ。……というより、見直した、とでもいうべきかな。普通なら、ふつうの人間の自我であれば、あれだけのひずみをあらかじめ内包しており——そしてあれだけの要因をそろえてカル＝モルに憑依された時点で、おそらくもともとのこやつとしての自我は崩壊し、あとかたもなく壊れはてていただろうよ——憑依されたそのときすぐでなくても、そのあと、憑依がすすみ、脳のなかの取り分が少なくなってゆく過程においてな。……だが、この小僧は、きわめてぐらつきながらもなんとかおのれ自身でありつづけ——そして、こともあろうにカル＝モルの自我に勝利し、吸収してしまった——それはこやつのいうとおりだ。それは一方ではわれにとっては必ずしも都合の悪いことでもなかったので——われは、こやつを宿主として、ある種子をこやつにはらませ、そしてこやつの家内を通じて生み出させた。それもまたわれがこやつを選んだひとつの巨大な理由でもあったのだが——そ

れで、いったんこやつの用はすんだこととなり、本来であれば、こやつはもう、ただの
――まったくのただの傀儡人形となりはてて、われの気まぐれな訪れを待つだけの生き
たからくり人形となりはてているはずなのだ。《魔の胞子》はしだいに人間の心をむし
ばみ、魂をくらいつくして成長してゆく――われがこやつに植え付けたのも、それに似
たある胞子であったのだからな。だが、こやつは……それが生み出されるまで持ちこた
え――そして、こうした例はたくさんの憑依や寄生のなりゆきを見てきたわれにさえ、
なかなか珍しかったのだが……こやつは、新しい、奇妙な《おのれ》を作り上げるにい
たったのだよ。カル＝モルの自我を吸収しつくし、そしてかの《ノスフェラスの種子》
を生み出したあとのぬけがらをさえ、おのれのなかで溶かしてしまったのだ」

2

「………」

グインは、相変わらず何もいわぬ。

ただ、その一言一言にも恐しいほどの注意をはらって、ヤンダル・ゾッグの言葉に耳をかたむけている。

ヤンダル・ゾッグは、赤い空洞と化している目を面白そうに昏くきらめかせてそのグインを見た。

「さよう、これは確かに認めてやらずばなるまい——こやつは確かにパロ聖王家の王子であったよ。その点だけは認めざるを得ぬ。もしそうでなくばとっくにこやつなど、ただの生き人形、われがパロ宮廷に大量に作り出してそこで平和に暮らしていよと命令を出して放り出してやった木偶どもの一人と化していただろうし、正直のところ、われもそう思っていたのだよ。——あの折ノスフェラスにつどうていた四人の運命の子らのなかで、こやつこそがもっとも弱々しく、おのれの自我というものを持たぬ、姉の影法師のようなものにすぎぬであろうとな。……だが、これについてはわれも少々見当はずれをしていたようだ。こやつのなかにもちゃんと、《運命の子》としての力が宿っていたのだ。そして、それはほかの三人のように、おのれの運命を切り開いてゆく、というかたちではなく——与えられた危機を飲み込み、乗り越える、というかたちで開花したのだな——まあ、われにとってはあまり迷惑でないこともない開花ではあったのだがな」

「……」

「だが、この開花は、そのおかげで、こやつ自身のいのちを救うことになった。——このような長きにわたって、キタイの竜王ヤンダル・ゾッグともあろうものの魔道の術、傀儡つかいの術に抵抗し得た者など、かつてただの一人もあったためしはない。それゆえ、われは興味をひかれ、こやつをそのままに見守っておくことにしたのだ。むろんこやつを叩きつぶし、さらに強烈な力をもって押しつぶして完全な傀儡にすることはたやすかった。また、あるいはこやつのうつし身をもはや役にたたなくなった人形としてあっさりと消してしまい、かわりにわれの作り上げた精巧なほんもののあやつり人形を送り込むなり、ゾンビーと化させて、パロ宮廷の、われが送り込んだり、変容させてしまった無数の愚かしい貴族どものようにしてしまうこともわれにとってはいともたやすいことだった」

「……」

「が、そうするかわりに、われはこやつをそのままにおいた。それによって、あるいは、パロ聖王家を他の血筋からぬきんでてパロ聖王家たらしめている《青い血》――予言者や大魔道師を輩出しているこの青い血の由来がわかるかもしれぬという興味と、そしてもうひとつ、その血の秘密を握ることによって、われが執着してやまぬさいごの大秘密、古代機械の秘密――というより、その古代機械をなぜに、パロ聖王家の人間だけが機械に許されて操ることが出来るのか、という秘密をあばけるかもしれぬという期待のためだ」

「………」

「何も云わぬな、グイン。まあよい――いずれ、ぬしの側に語ってほしい時はくる。そうしたければいまはいくらでも、われのことばの中に何か、レムスを解き放つ手がかりを求めて体じゅうを耳にして聞いているがよいさ」

ヤンダル・ゾッグはうすく笑った。むろん、笑ったのはじっさいには《レムス》の表情筋であったが、あきらかに、それを動かしたのは、この顔の持ち主当人ではない、ということがはっきりとわかるような、なんともいいようのないぶきみな口元だけの笑顔が生まれた。

「そう、いまやパロの二粒の真珠はわが手のうちにあり、その運命も生殺与奪もすべてわれが握っている。そしてまた、あの四人の、ノスフェラスにつどうた運命の子らは、ぬしがこうしてパロの地に足をふみいれ、〈紅の傭兵〉イシュトヴァーンがまたこの地にあることによって、奇しくも七年という年月を経て同じ場所に集められてゆきつつある。――しかもいまや、そのうちの三人まではそれぞれの王国の王となり――それぞれに異なるかたちでとはいえな――そしていまひとりの真珠もまた、その意味では……もしもカレニア王に万一のことあらば、わが手中にいながらにして、ただちに二代目のカレニアの女王となるべき身の上にある。つまりは……あの夜、あのノスフェラスの夜に落ちた運命の星四つは、すべて、しかるべくして運命の選んだ子ら四人のそれぞれのうちに飲み込まれ――はらまれ、そして、しだいに大きく育ち、まもなく巨大な《会》を得ることになるのだ――われにはそのように思えるのだ。七年――それは、大宇宙の摂理からは、ものごとがいったんひとまわりして回帰する非常に重要な数字だ。それは、生々流転をつかさどる黄金律の周期の最小の単位だ。それを経て、つまりはぬしたちは最小の時間によって、それぞれの運命のなかに大きな進歩をとげた――さすが、としかいいようがない。さすがに運命が選んだ運命の子らというものだろう」

「………」

やはり、グインは、何もいわぬ。

ただじっと、ふしぎなトパーズ色の目で、レムスの口をとおして語り続けるヤンダル・ゾッグを眺めている。

だが、ヤンダル・ゾッグは、それにはかまわなかった。奇妙な情熱、グインにすべてを語る情熱がこのたびはこのふしぎな存在をとらえてしまったかのようであった。

「そう、そして――だがさいごの《会》にはまだほど遠い。いくたびとなく《会》はやってくるだろう――そしてそのうち、いつかはわれとぬしは、直接にまみえる、いや――ぬしがわれの内なる宇宙に訪れるときさえもくるだろう。それによって世界はおおいなる変転のときを迎えるだろう――だが、それはいまではない。さよう――いまは確かにまだ、そのときではない」

「………」

「グイン、ぬしは云ったな。このヤンダル・ゾッグが中原から撤退するならば、おのれも兵をひき、ケイロニアはふたたび諸外国内政不干渉主義に戻ろう、と。その言にたぐいはないのか」

「ない」

ぶっきらぼうにグインは、このしばらくではじめて口をきいた。

ヤンダル・ゾッグは面白そうに赤い目をきらめかせてじっとグインを見つめた。

「だが、それならば公平を期すために云っておこうが、われがよしんば、いまパロから、中原から撤退したとしても、パロに平和は戻らぬぞ。――いまずっとときかせていたように、すでにレムス自身が、おのれのなかにカル＝モルを、そしてノスフェラスを、そしてわが野望の種子を吸収し、排出し――そして変貌をとげている。いまわれがキタイ勢力をすべてパロからひきあげたとしても、パロ内乱はおさまらぬ。どころか、より激化しよう――われはこれでも、おのれの目的のためにいろいろとパロの情勢をコントロールしているつもりだ。それがあればこそ、これまで、カレニア王はあやうい余命を保っていたのだよ。あのおろかしい佯死のたくらみにせよ、もしもわれがまことにあれを叩きつぶすつもりであったならば、いかにたやすくあのおろかしい陰謀に乗じて、まことの永遠の死をあの寝たきりの僭王にもたらすことができたか――ただ単に、あの者が目をさますのをさまたげさえすれば、あの魔道の眠りは永遠の眠りとかわり、佯死はまことの死となり――しかも、正しい死ではないがゆえに不滅の魂さえもほろびと消滅にさらされることになっただろう。だがわれはその見え透いた陰謀を見逃してやった。なぜかわかるか」

「………」

「その意味では、レムスとわれとをもまた、いささかに利害や思うところが異なっているのでな。……レムスにとっては、カレニア王はただ、目の上のこぶのような、うとましい反逆者にすぎぬのだろうが、われにとっては、彼は古代機械の秘密を握る、どうあっても彼の協力を手に入れたい人物だ。ぬしのこのふしぎな力や、またかの草原の鷹が手中にしている星船の秘密と同じようにな。――いま、ここではわれはもうぬしに何も包み隠しはせぬ。われは、ぬしの力が星船の作り主たちにつながるものであることを知っている——また、あの草原の鷹の手にした星船の秘密と、ぬしがたまたま手にいれた星船の鍵、そのふたつがあわされれば、かのノスフェラスに眠る星船をいまいちどよみがえらせることが可能になるのを知っている。われの最終的な目的はそこにある——おそらくあの愚かな〈闇の司祭〉も、われのようにその詳細については知らぬままで、多少かぎつけたその秘密の分け前になんとかして加わろうとあがいているのだろうがな。——それゆえ、われにとりては、アルド・ナリスは、まだそう簡単に死なれては困る……いくたびもいくたびも、彼を叩きつぶし、息の根をとめる機会など、それこそ一秒《タル》に一回づつほどもあったさ。だが、われがそれをあえて使わずにおいたのは、ひたすら、彼がげんざい唯一の、古代機械によって認められた古代機械のあるじであるがゆえだ。わがいとしきシーアン、生命ある都シーアンが完成するためには、それが自在に移動できることがどうしても不可欠なのだよ、グイン」

あやしい笑いがヤンダル・ゾッグの目をさらに赤くきらめかせた！

「何だと……」

いきなり、グインは反応した。

そのトパーズ色の目が瞬時にするどく金色の光をはなち、彼は斬りつけるようにするどくささやいた。

「何といった。ヤンダル・ゾッグ」

ヤンダル・ゾッグは嗤った。ようやく相手の激しい反応をひきだしたことに勝ち誇っているかのようにも思われた。

「わかるか」

「やはり、ぬしにはわかるか、このわれのいうことばの意味が。――やっと、われのいうことばのまことの意味がわかったようだな。……そう、シーアンは……自在に移動できる、生命ある都市となってはじめて完成する――しかもそれは、空間をも時間をも、宇宙空間をもこえ、いかなる場所へでも現れられるものでなくてはならぬ。正直にいおう。いまのわれらの科学力では、これほど巨大なものを自在に空間を移動させるのに、パロの古代機械のシステムと、星船を生み出した科学文明の技術と、どちらがより有効なのかを決定することがまだできぬ――それゆえにこそ、われらには、その双方がどうしても必要なのだ。その双方を手にいれ、その動くからくりを調べ、あばき、理解し――そのとき、竜神一族は文字通り宇宙を制するだろう。シーアンは自在に時空を移動する史上最強の空中要塞となる――それは、この世界のみならず、この宇宙のすべての世界を制覇するだろう――そしてまた、個体が自在に移動できる古代機械も、また大勢の個体が同時に移動できる星船の方法も――われらにはどちらも必要だが、もしできうるならば、その両者をあわせた、一人であれ一万人であれいつなりと自在に望んだとおりに空間移動できる究極の技術を手にいれたい。それなしでは、われらの征服は完成せぬ。グイン」

ヤンダル・ゾッグの舌鋒はいまや火をふくかと思われた。ヤンダル・ゾッグは、異様なまでの熱意をこめ、さながらおのれの研究の成果を熱心に説きあかそうとする科学者でもあるかのように夢中になって語っていた。

「わかるか、ノスフェラスの王よ――われら、滅びにひんした竜の星の住民たちがのぞみをかけたのは、この呪われたほろびから脱出し、この世界すべてをわが世界となすことだったのだ。――だがグイン、お前はそれをはばもうとする《調整者》たちより、古代機械に類似した装置によってここに送り込まれてきた、われら竜の星の民の監視者であり、このたくみをとどめんとする使命を持った存在なのだろう？――そしてお前はいまここについに、われと――その民のすべてののぞみをかけた代表者としてのわれとついに向かい合った。……いまいちど聞こう」

「………」

「まことに、われが撤退したらお前もパロからひきあげるというのか？　だが、われが撤退すれば、レムスはわれの傀儡としてではなく、おのれの野望と、そのなかに植え付けられたカル＝モルの遠い記憶によって、この世を暗黒帝国に変えんとするこころみを続けてゆくだろう。――それはもはや、われのあやつるところではない。それは、かつて、姉のもとでおのれを影法師にすぎぬとつよく感じ、そのことにつよいうらみを抱いていた少年王子のなかに生まれた、この世をおのれののぞむとおりのところに変えたい、という熱烈な欲望が、そののちカル＝モルを吸収し、ノスフェラスの種子をまかれ、そしてそれをはらみ、生み出すことによって成長してきた、その結果にすぎぬのだ。……だから、われがパロからひきあげれば、ただちにレムスは全力をあげてカレニアにおそいかかり、カレニア勢力をすべてたいらげ、ありとあらゆる方法を使ってアルド・ナリスを叩きつぶすだろう。——それが本当はなによりもレムスの望んでいることだったのだからな」

「……………」

「どうした、なぜ、何も答えぬのだ？　まあよい——すべてをまず、われが手のうちをさらけだしてやってより、こんどはぬしの語る順番が訪れるのだろうからな。——そう、レムスにとっては、憎しみと崇拝との葛藤のきわまった対象であった姉をめとり——ということはレムス自身から奪い、そしてまたつねに、レムスが王として即位すれば摂政宰相としてあり、クリスタル大公としてつねにパロ国民の非常な尊崇を集めていたアルド・ナリスこそ、究極のにくしみの対象にほかならぬのだぞ。……レムスがどれほどアルド・ナリスを憎んでいるか、それは彼の内面にこうしてたびたび入り込むわれなどがたじろぐほどだ。その憎悪の激しさ、尋常でなさは、確かに余人の想像もできるところではない。姉へのかつての憎悪と反感と崇拝と憧れとは、いまとなっては、その憎悪と反感の部分をすべてその夫となったナリスにふりむけることにより、崇拝と憧れのみとなり、そしてその、彼にとっては女神のように思われていた姉を奪い取って変貌させたにくむべき存在、としてレムスはおそろしくアルド・ナリスを憎み、呪い、この世でもっともむざんな死に方をさせてやりたいとさえ望んでいる」

おそるべき呪詛のことば――

それが、まがりなりにも《レムス》の顔をした存在の、そのレムスのくちびるからもれてくるのをきくのは、なんとも異様な、おぞましい体験だった。

だが、なおもグインは口をひらかぬ。じっと、すべてを聞き尽くし、知りうるかぎりのことはすべて知ろうと思うように、ひたすらヤンダル・ゾッグを見つめ続けている。

「そしてわれの力をもってすればそれは――レムスの望むとおりにするのはいともたやすいことであったのだが、われは、それを、おさえたのだよ。それはいまいったとおり、われにとっては、アルド・ナリスは、古代機械のあるじとして、どうしても必要な存在であったからだ。われの望んでいたのはアルド・ナリスの死ではなくて、ナリスを手にいれ、その知識と、そして古代機械が認めたそのあるじとしての存在をわれらのものにすることだったのだから。――だが、おそらく、そのことも――ナリスへの憎悪が、われによってせきとめられ、実行にうつすに至れぬこともまた、レムスを、われの圧倒的な支配の純粋な傀儡となることから守る一種の防壁の役をはたしたのかもしれぬ。――むろんあまりにも力の差が激しいがゆえに、レムスのなかにとじこめられているまことのレムスは、われの支配に屈し、われの望むままにクリスタル政府を動かしているだけだがな。……しかしここでわれがキタイへひきあげれば――」

「……」

「その呪縛はとけ……ただちにレムスはクリスタル政府軍の総力をあつめて、カレニアへ攻めかかるだろう。そうなれば、あれほど兵力に劣っている上にろくな武将もおらぬカレニア軍など、一日とはもたぬ。……たとえ魔道師ギルドとヴァレリウスとがいかに必死に魔道をもって応戦したとしても、レムスにも王室魔道士騎士団はある。いずれはその応戦もむなしく、カレニアは攻め落とされ、ナリスはおそらくはとらえられて惨死するか、あるいは戦死してその首をアルカンドロス広場にさらされることとなるだろうよ。グイン」

「……」

「そうなれば、われとしても、ナリスを手にいれ、古代機械の秘密を手中にしたいというのぞみがついえて、困ることになるのだが……ぬしにとっても、それは望ましくないことなのではないのか？　ぬしは何を求めてここにきたのだ――ぬしが求めているのはただ、中原の平和と秩序の回復なのだろう？　だとしたら……そのようにしてナリスが攻め滅ぼされ、あるいはそれを救おうとするイシュトヴァーン・ゴーラがパロとの全面的な交戦状態に入り……それにもまして、カレニア軍なり、ゴーラ軍なりからケイロニアへ救援要請があった場合——それをあえて見捨ててパロがレムス王の支配下に入るのが、ぬしの思う中原の平和と秩序を守ることか？」

「………」

「なぜ、答えぬ？」

ゆっくりと、ヤンダル・ゾッグはグインをのぞきこんだ。

その赤い目が、ようやく、おそろしいほどの威圧感を増しながらグインにむかってしだいに大きく見開かれてくる。グインは、その目からほとばしってくる、圧倒的な意志と邪悪な力を受け止め、激しくにらみかえした。

「いまはまだ、お前の語っているときだ。語るがいい、ヤンダル・ゾッグ。——いまはまだ、俺の番ではない」

「そうか。ならばよい」

ヤンダル・ゾッグはかすかにうなづいた。

「これはやくたいもない脅しではないぞ——そのことだけは云っておこう。われは正直のところ、いまシーアンを離れすぎているのは好ましくない——ぬしのよけいな手出しのおかげで、リー・リン・レンという反対勢力もしだいに大きく育ちつつある。しかもシーアンはいまだ完成途上にある——そしてシーアンの最終的な完成のために必要な、さまざまな要素がいまだ、未完成のまま残っている。われとしても、まことは、パロでこのように手間取るとは思わなかった。が、われら竜の星の民は、待つことを知っている。……すでに、手は打った。あとは、呪われた王子アモンが成長すれば、パロはまことの、キタイとおなじくわれらの一族の血をひく者が王座につく国となるだろう。キタイよりも、パロのほうがいっそう、万世一系の伝統が根強い。キタイですら、あれだけの土地神や国民たちの抵抗にあったのだ——パロを、外からの侵略の力によって征服するのは非常な犠牲を払わねばならぬし、モンゴールの征服をしりぞけたのと同じく、そののちもパロは抵抗しつづけるだろう、レムス自身と同じようにな。……そしてまた、アルカンドロス大王の承認、というあのおろかな迷妄もある——パロ国民を得心させつつ、しかもこの国をわれらの正当な支配下におく方法として、最高のものは、われらの血をひく王子を誕生させ、成長させ——そしてそれを、パロの次の王につかせることなのだよ、グイン」

「なるほどな」

ゆっくりとグインはいった。その目がかすかに怒りに似たものをたたえた。

「それが、お前がレムスにとりつきながら、しかもレムスをそのまま生かしておいた理由でもあったというわけだな。……レムスの血をひきながらヤンダル・ゾッグの一族でもあるという存在を生み出させることが必要だったというのだな」

「われもまた、そのようにして生み出されてきたのであってみれば」

ヤンダル・ゾッグはふしぎな、ぶきみな宇宙的な哀愁のようなものをこめて答えた。

「われら一族は——そのようにして、おのれの国たるべき土地を見つけだしながら生き延びてきたのだ。だが、われが云いたかったのはそのようなくりごとではなかった。——そう、だから、われとしては、ぬしが望むとおり、ここでパロから手をひくことには異存はないのだよ、グイン。むしろわれはこのところ、キタイにおいて非常にたかまっているある緊張をなんとか緩和せねばならぬ。これもぬしにはいっておいたほうがいいのだろうが、最近またあのよけいなことばかりする〈闇の司祭〉がキタイに復活した。あちこちに首をつっこんではわれの作らんとする秩序をかきみだし、また、愚かしいあの野望と称するものによって、手にいれたところでどうにもならぬものを手にいれようとあがいているあの黒魔道師は、今度はリー・リン・レンなる存在がいまにわれに対抗しうる勢力となりうるだろうと目をつけ、それに近づこうとかかっているのだ」

「なんだと」

こんどは、グインははっきりと反応した。

「グラチウスが、リー・リン・レンに接近しようとしている、だと」

「むろん、リー・リン・レンのまわりには、ぬしのせいで、望星教団が護衛として固めている。よい案配にそして、ぬしも知ってのとおり望星教団の内部でも、《暗黒魔道師連合》についての考えは一致しておらぬ。それゆえ、望星教団がついているあいだは、いますぐにグラチウスがリー・リン・レンをどうこうできるということにはならぬだろうがな」

ヤンダル・ゾッグは重々しく云った。

「だが、それゆえ、われはまことのところをいえば、いますぐにでもキタイに戻りたいのだ、ノスフェラスの王よ——アルド・ナリスのことさえなくばな。だが、ここでわれがキタイに戻り、ぬしがケイロニアに戻り——それで、ぬしは、望んでいた平和が達成されると思っているのか？　そうなれば、レムスはおそらく、おのれにたてついたカレニア、サラミス地方を全滅させるまで、追及の手をゆるめぬだろう。罪もない女子供にいたるまで、カレニア人、サラミス地方の者たちは一人残らず殺され、カレニアとサラミスとマール地方からは、おそらくひとのすがたが絶えはてるほどの、すさまじい虐殺が行われることになるだろう。……それが、ぬしの思う中原の平和なのか？　それでも確かにパロの秩序はあるていど保たれるだろうさ。ぬしの望みは、それだけなのか？　ならば、喜んでわれはそうしてやってもよいのだがな。もっとも、ナリスについてどうするか、というのはまた、われの都合もあるゆえ、そこまではぬしに妥協するわけにはゆかぬが」

「…………」

「さあ、どうするのだ、グイン。――ぬしの思う中原の平和と秩序とはどのようなものなのだ？　パロが、どのようなかたちになっていることが、ぬしの望む結末なのだ？　それによって、ぬしは、というよりもケイロニアは、どのような利益を受けるのだ？　パロがレムス王の暗黒帝国の支配下となれば、いずれはそれはどうあれイシュトヴァーン・ゴーラと激突せずにはおかぬであろうし――そしてまた、アモンが無事にひととして根付き、育ちあがってパロの次代の王となれば、さらに、巨大な暗黒王朝のいしずえが築かれる――われにとっては、そうなってからゆるゆると、われにとってもおのが子といってよいアモンとともども、中原にあらためて君臨するのなどおやすい御用だ――それを待つくらいのことはいくらでも、われらには可能なのだぞ。……いずれにもせよ、パロにはいまや二つの政府が出来てしまった。このままゆけば、パロは流血の巷となることをまぬかれるわけにはゆかぬし、ぬしの非難とは反対に、むしろわれの存在こそが、これでもパロ国内に最終的な流血をもたらす大惨事をふせいでいるとさえいってよいと思うのだが。それについては、ぬしはどう思うのだ？」

ヤンダル・ゾッグは、おもむろに、ぐいとグインのほうに身を乗り出した。といっても、いくぶんからだの向きをかえただけだったのだが、ふいに、その《レムス》のからだのなかから、本来のヤンダル・ゾッグの巨大なオーラのようなものが、音もなくグインにむかってのびてゆくような、ぶきみな感じがあった。

「さあ、いよいよ、ぬしの語る番がきたようだぞ——というよりも、ぬしの返事をきくときがな。どうするのだ、グイン？　それでもなお、ぬしは、われにパロから、中原から撤退することを、ぬしがケイロニアにひきあげる唯一の条件とするのか？」

3

グインは、しばらく黙っていた。

そのあいだに、彼のその豹頭のなかで、どのような考えがすさまじい勢いで回転していたのか――それはむろん、誰にもうかがい知ることはできなかったのだが――

しかし、ゆっくりとしずかにそのトパーズ色の目をとざし、それからまた開いたとき、グインのようすは、きわめて落ち着いていた。

「なるほどな、ヤンダル・ゾッグ」

重々しく、グインはいった。ヤンダル・ゾッグからのびてくる無言の威圧、じわじわと彼に迫ってくる目にみえぬ生命あるオーラの魔手のようなものを、グインは激しくおのれのなかに何かをはりつめてははねかえそうとしているかのようだった。

「お前の云いたいことはよくわかった。お前は、そのようにして、俺を恫喝できると思うわけだな――そして俺を困惑させることができると」

「そのようなことは思っておらぬさ、ノスフェラスの王よ。だが、われはただ、ぬしが申し出ている条件がどのような意味をまことには中原にたいして持っているのか、それをぬしに教えてやりたかっただけだ」

「云うな、ヤンダル・ゾッグ」

グインの声が、静かな凄みをおびた。

「それは強弁にすぎぬ。お前はそうして暗に俺に、おのれがパロから撤退していいのか、そうすれば、カレニア政府は滅ぼされ、カレニアとサラミスにはおそるべき破局が訪れるぞ、とほのめかす。だが、その実、まことには、いまそのようにしてカレニア政府が滅び、アルド・ナリスが殺された場合、まことに困るのはお前なのではないのか？　お前がこれほど時間をかけ、たやすくもみつぶせるものをこれだけまわりくどい方法でゆっくりとアルド・ナリスを追いつめようとしているというのは、すなわち、レムスのなすがままにまかせて、カレニアをほろぼさせ、アルド・ナリスにいのちを落とさせるわけにはゆかぬ、ということではないのか？」

「………」

「お前は、ナリスのほうから、お前を頼り、お前に降伏してくるのを待っているだけなのだ。――俺はかつていくたびもきさまのような黒魔道師どもとゆきあった。たとえきさまがその中でももっとも力があり、もっともおそるべき黒魔道師であろうとも――また、ただの黒魔道師ではなく、確かに外宇宙からの侵略者の末裔であろうとも、それでもなお黒魔道師どものやり口というもの、それ自体は決してかわらぬ、ということを俺は学んだのだ。――きゃつらは、結局のところ、俺にむかって『お前のことばに従おう』とか、そのたぐいの誓言を吐かせようとする。『俺はお前のものだ』と――『お前の恩義に対して俺はこれこれのことをかえそう』と――そのようなことばをいつわりたばかってでも吐かせようとしてやまぬ。そのことが、俺に教えたのだ――黒魔道師どもというのは、決して力づくでひとの魂をあやつることはできぬ――いや、むろん、ゾンビーや、あるいはいかがわしい術によって動かして、当人ではないただのでく人形と化させて動かすことは出来るのだろうがな。だがそれは、ひとをまことにその者の自由意志で動かしているのとは根本的に違う」

「………」

「お前は、お前もまた、そうなのだ、ヤンダル・ゾッグ。アルド・ナリスを殺すことはいかにたやすかろうとも、ナリスの意志をかえさせ、その彼の持つ古代機械の秘密ごと、彼に協力を誓わせることは、お前には、あいての賛同がなければ不可能なのだ。それゆえにこそお前は、猫《ミャオ》がネズミ《トルク》をもてあそぶように、ナリスをクリスタルから追い出し、追いつめ、しだいに窮地に追いやり、人質までもとってナリスをおのれに――うちまかし、叩きつぶすのではなくて、あくまでも降伏させようとねらっているのだ。違うというのか」

「さあ、なんとでも思うがよい、豹頭王よ」

ヤンダル・ゾッグはせせら嗤った。グインはあいてをにらみつけた。

「カレニア政府は、しきりと諸外国列強にむけて、クリスタル政権が、リンダ大公妃、アドリアン・カラヴィア公子をはじめ多くの人質をとり、宮廷の貴族、貴婦人たちを魔道によって傀儡またはゾンビーと化さしめ、それによってカレニア政府とアルド・ナリスとを降伏に追い込もうとしている、と告発の文書を送りつけている。それについては俺はかねがね疑問を禁じ得なかった――いったいなぜ、そのようなまわりくどいことをレムスはするのだろうとな。だが今日ここにきてみてはっきりとわかった。――そのような方法をとろうとしている、とらねばならぬ事情のあるのは、ヤンダル・ゾッグ、お前なのだ。そして、レムスにとっては、そのような傀儡宮廷などまったく必要ではないし――べつだん望みでもないのだな。リンダにせよそうだ。俺はこの告発を見たときから思っていた。いったい、リンダを人質にとって、クリスタル政権はどうしようというのだとな。リンダ大公妃はレムスにとってはただひとりの姉にして第一王位継承権者――その王子とやらが誕生したいまとなっては第二位かもしれぬが、いずれにせよ、人質にとるとはその者の安否をたてにとって相手を思いのままに動かそう、交渉を有利にしようと恫喝するためのこと、レムスにとって姉であり、またパロ国民の反感の手前も殺害したり、虐待するわけにゆかぬリンダ大公妃を人質にとって、アルド・ナリスを屈服させようとする、というのは、あまりにも理屈が通らぬと俺はずっと考えていたのだ」

「……」

「むしろ、リンダ大公妃を宮廷にその身柄をおさえたら、レムスの思いのままに出来るのであれば——リンダを安全に保護し、あとは心ゆくまでカレニア政府を総攻撃できる準備がととのった、とみるのが自然だろう。殺すわけにも、いためつけるわけにもゆかぬ人質など、人質としての意味はないからな。そうではないのか」

「……」

「そう、それゆえ、お前には——といおうか、ヤンダル・ゾッグとお前のいう竜の星の民たちにとっては、レムスにカレニア政府を叩きつぶされ、ナリスを殺されては困る理由のほうが大きかったはずだ。……お前は、俺に、おのれが中原を撤退し、カレニア政府がつぶされてもよいのかときいたな。ならば、俺もお前に聞こう。——お前は、そうしてパロを撤退して、レムスがカレニアをうちやぶり、アルド・ナリスを惨殺することになれば、非常に困るのだろう。そうではないのか。しかしまた、ケイロニアと戦って俺が万一戦死するのも困る、そう思っているのか？　お前は俺にたいしても、アルド・ナリスと同様、シーアンに拉致したいという気持を明らかにしたな。どのような手段をとっても、古代機械の秘密を握るアルド・ナリス、そして俺、そしてアルゴスの黒太子スカールをシーアンに拉致し、しかもわれわれ自身の協力によって、われわれの意志でお前たちに秘密をあかさせたい――それが、お前の最終的な目的なのだろう。そうではないのか」

「なんとでも、グイン、なんとでも」

ヤンダル・ゾッグはいくぶん不機嫌そうにいった。

「いまさらこの期に及んで隠しだてしたところで意味はあるまい。まさにそれがわれ――そしてわれらの目的であるのは確かだが、だからといって、お前にせよ、ナリスを殺されては困るのだろう？　グイン」

「何故だ？」

非情な――

しかし、冷厳なひとことが、グインの口から発せられた。

はっとしたように、ヤンダル・ゾッグが動きをとめた。

「何故だ――だと？」

いくぶん、確信を失ったような声で、ヤンダル・ゾッグが云った。

「なぜ、そうきくのだ――何故だ、などと？」

「それは俺のきくことだ」

グインは、いまや火のようなまなざしで、だがその豹頭はまったくしずかなまま、ヤンダル・ゾッグをにらみすえていた。

「答えてほしくば、まず俺の問いに答えるがよい。何故、お前のいったような方法で中原の平和が保たれてはならぬのだ？　レムスがカレニア政府をたいらげ、パロが統一され――そして、暗黒王朝が開始されたとしても？」

「だが――だが、そうすれば、アルド・ナリスは死ぬんだぞ！」

ヤンダル・ゾッグが云った。グインはかすかに笑った。

「俺はいまだ、アルド・ナリスとは対面もしておらぬ、いかなる利害もない。また、リンダの夫である、というほかには、何のかかわりを持ったこともいまだない。レムスの肩をもつ理由も俺にはないが、アルド・ナリスにいたってはもっとない。また、あえていうなら、パロの行く末について案じるのは俺の役割ではない」

「だが――だが、お前は云ったぞ……」

ヤンダル・ゾッグは、いくぶん、驚愕のあまり――とでもいったようすで、しどろもどろになりはじめていた。

「お前は中原の……平和と秩序とを守り……そのためならば……キタイへまででも長征するとさえ。……その、そのことばと、まるでいまのは……逆ではないか。そうではないのか」

「俺は云ったはずだ。俺は中原の守護者でもなければ、調整者でもないと」

グインは、非情なまでにきっぱりと云い放った。

「俺はケイロニア――俺が剣をささげたケイロニアのためにのみ動いている、そう云ったはずだ。そして、中原の戦火がケイロニアに及ぶ、あるいはいずれそのおそれがあろうと思ったときのみ、中原の平和のためにあえてたつ。……だが、それは、中原の守護者としてではない。あくまでも俺はケイロニア王にしてノスフェラスの王――俺の関心事は、おのれの守るべき対象のみにすぎぬ」

「だが……レムスがカレニアをうちほろぼせば……パロには黒魔道に魂をのっとられた王による暗黒王朝のいしずえが開かれる……しかもその次にパロ王となるのは……キタイの血をひくアモンにほかならぬのだぞ……」

「そのキタイの血をひく王が、もしもケイロニアを害せんとするきざしあらば、俺はそれをうつ」

グインはきっぱりと答えた。

「それはキタイの血をひいていようが、ランダーギアの血をひいていようが同じことだ。俺はケイロニアを害するもの、中原を制圧し、ひいてはケイロニアをも侵略せんとするものがあらばそれをうつ。だが、それなくば、よしパロがキタイの属国となろうとも、ケイロニアをおびやかさぬ限りは――俺は、立たぬ」

「なんだと……」

またしても、不覚にも――という感じで、ヤンダル・ゾッグはことばをつまらせた。

それから、いそいで態勢をたてなおした。

「何という。——ならば、お前は、パロが滅びてもかまわぬというのか。豹よ」

「なぜ、俺がそれをかまうのだ?」

グインのことばはあくまでも非情きわまりなかった。

「俺はケイロニア王にして、ケイロニア皇帝の婿だ。そしてランドックといういまだ見ぬ国のかつての王——そしてまたノスフェラスの王であった。だが、俺にとっては、引き受けねばならぬ重責はそこでつきている。パロの平和、パロの秩序——ましていわんや、パロの長い歴史にとって何が正しいことであり、何がまちがっているなど、それは俺の判定すべきところではない」

「なんだと……」

「俺の知る限りにおいて……かのパロの長い歴史のなかで、有名なアレクサンドロスがあらわれてこのパロのいしずえを築き、そしてまた古代機械についてもおおいに貢献したとされている。そのアレクサンドロスもまた、外宇宙から到来したのではないかとされる謎の存在だった。アレクサンドロスは正義となし、そのほかの侵略は悪となす——それは、筋が通っておらぬ。俺にとってはパロにいかなる栄枯盛衰、王朝の交替や政権の入れ替わりがあろうとも、それは隣国の事情、それこそ、わが義父アキレウス大帝が長年遵守しきたった外国内政不干渉の原則にかけて、俺はパロの支配者でもなければ、パロの将来と歴史に責任をもつ立場でもない。俺は、ただ、パロのゆくすえがケイロニアをおびやかす、という一点においてのみ、パロに干渉するつもりだ」

「ならば、なぜここまできたのだ。二万五千もの兵をひきいて！」

ヤンダル・ゾッグの声はいささか悲鳴に似ていた。

「それは、パロの内政に干渉するためにほかならぬのだろう？　そのために――このままパロ内乱を捨て置いてはケイロニアのゆくえにかかわると思うがゆえに、お前はキタイの侵略から中原を守ると称して、ここまで、アキレウスの貫き通した内政不干渉主義を破ってやってきたのだろう？」

「そのとおりだ」

グインは静かにいった。

「だが、それは、キタイの侵略から中原を守らんがため……決して、俺の考える中原の平和と秩序とを中原全体におしつけるためのものではない。もしもそのようにしたら、こんどは俺こそが、中原の侵略者であり、干渉するものとなってしまうだろう。――俺の目的は中原からキタイ勢力を追い払い、中原を中原独自の栄枯盛衰と流血のなかに歴史をつむいでゆくにまかせること。――その俺の目的のためには……もしもアルド・ナリスが死して、古代機械の秘密がお前の手に永遠に入らぬものとなり――スカールも俺も死してその星船の秘密なるもののもまたお前の手に入らなくなるものであれば、そのほうが正しいことなのだ。よしんばレムスの王太子がキタイの血をひいていようと、それはキタイの血をひいたパロの新王朝が誕生するまでのこと。それはしかるべき、ありうべき歴史の流れの展開にほかならぬ。だが、ナリスと俺とスカール——その持っているといわれる秘密がお前のもとにそろえば、お前は《生命ある要塞都市》シーアンを完成させ、中原はおろか全世界、全宇宙を制覇にかかるのだろう。そのとき、中原の自治はおろか、この世界全体の自由さえも失われる。さすれば当然、わが愛する祖国ケイロニアにも難は及ぶ。——そうなってみれば、むしろ、シーアンを完成させぬために、すべてのお前の求める秘密が未然に失われること——それこそ、俺の考える正しい中原の秩序の守りかたといえるのではないか？」

「何を——何という、グイン」

ヤンダル・ゾッグの——むろんレムスを通したままの——おもてには、かくしきれぬ動揺があらわれていた。

その目はもう、自信たっぷりに赤くは燃えておらず、むしろ緊張と不安と、そして焦慮とをおしひそめて、グインをにらみつけていた。それでも、ヤンダル・ゾッグはまだ、その重々しい不吉な声を荒らげようとはしなかった。

「お前は、正気でいっておるのか。お前は、おのれのいのちまでも、キタイに——いや、竜の民にシーアンを完成させる秘密を入手させぬためならば、落としてもいいとでもいうのか。そんなのは、口だ、口先だけだ！」

「そのように思うならば、パロから撤退してみるがよいさ。そうすればただちに俺もケイロニアに兵をひきあげようし」

　落ち着き払って、グインは答えた。

「それについてはまったく二言はないと思ってもらってかまうまい。お前が中原からすべての手をひき、キタイに戻るなら、俺もまた、カレニア政府とクリスタル政府、二つのパロの争いには口はさしはさまぬ。忍耐づよく待つことを知っている民だとお前が大言壮語するのなら、そのアモンという王子が、キタイの血をひく王として、パロ聖王家に認められるのを待つがいい。そののちに、もしもその王子がキタイ勢力をパロにひきいれたところで、その王子がケイロニアを侵略しようという気をおこさぬかぎり、俺はケイロニア王として、ただひたすら、いかなる外敵からも国を守れるようケイロニア軍を鍛え上げつつ、パロの内政には一切干渉せずにいるだけだ。たとえ、パロが悪魔の国、地上のドールの国家となろうともな」

「パロが黒魔道師の支配する魔道国家になってもかまわぬというのか。お前の正義というのは、そんなものなのか。グイン」

「何が正義であり、何がヤーンの目からみて正しいと、なぜ時のうちにある人間にわかる」

グインはするどくきりかえした。

「黒魔道師も普通の人間もまた、ただおのれの欲望にしたがい動くだけのこと——その方法が違うにもせよな。俺もまた、偶々にケイロニアに剣をささげ、そこを祖国とするにいたったからこそ、このようにしてケイロニアのためにのみ奔走するにすぎぬ。ひとはまことにこれほどに身勝手なもの、そこに正義だの、倫理だのというものをもちこめば、必ずやそれはおのれの神殿にのみ香をたくというあの諺の道理となる。——パロが魔道の国家となり、暗黒帝国となるのがヤーンの摂理において正しければ、それは数百年後、数千年後に、時が証明するだろうさ。だがそのときにはもはや俺も存在はしているまい——この世の森羅に、すべて、これが正しい、絶対の正義などというものは決して存在し得ぬ。——俺の正義は俺の敵の悪であり、俺にとって悪と感じられるものは俺の敵にとっては唯一の正義にほかならぬ。お前たちが、おのれの世界が滅びに瀕し、生き延びようと欲してこの世界を征服をたくらむのと同じようにな。だが、征服されて滅びては困るものたちはそれにはむかって戦う。それは正義なればではなく、ただ、ただ、かれらもまた生きなくてはならぬからというにすぎぬ。——俺には、アルド・ナリスが生きていなくてはならぬ理由もないし、あえていうならレムスが勝利してはならぬ理由もない。が、また、レムスが敗北して殺されてはならぬ理由もない。俺にもまた、俺個人のさまざまな利害もあれば、感情もある、そのなかにはまったく理屈にもならぬものもあろうが、それは純粋に俺個人にしかかかわりのないことだ。しいていえば、リンダに対しては俺は気の毒だと思う気持ちを失ってはおらぬし、それゆえ、リンダを人質にとったということでレムスに対しては、陋劣なやりかただなと反感をもつ。——また、アルド・ナリスに対しては、何やら、まみえたことはないものの、世界のなりゆきについて、多少は大所高所から見ているのかもしれぬという期待感は持っている。だがそれも、当人にまみえて見ぬことには実体はわからぬ。……俺にとっては、すべてはそれだけのことだ——それ以上でも、それ以下でもない。俺は、中原の守護者ではない。いや、もしも俺がお前のいうような、調整者のどうのというような者であるか——そこからなんらかの使命を帯びてこの地にさしむけられた者であるとしても、俺は思う——それは、この地の固有の運命にいらざる手だしをして、その道すじを意図的に調節するためではない。むしろ、そうして意図的に調節し、おのれの望む方向にのみ運命を人為的に導こうとたくらむ者をこそとりのぞき、運命を運命のままにあらしめる——そのためにこそ、さしむけられたのであるはずだ、とな。——ひとにも国にもまた世界にも、それぞれにその固有のさだめがあり、そしてまたそれらがからみあってヤーンの黄金律を作り上げている。それには、われらその時の支配下にある生物は誰もさからうことはできぬ。——時に、奇跡にひとしい存在が偶然に生まれ出て、いろいろな意味でその黄金律を超越したり、うちやぶったり、ゆるがしたりすることはあるにしてもな。……俺は、キタイへ、シルヴィアを救出にむかった。それは、俺にとっては、アキレウス陛下のご下命をうけての行動にほかならぬ。――また、途中でマリウスを救ったが、これは俺にとって友人を救うというのが、おおいなる犠牲をはらってでもなすべきことの一項目として組み込まれているからにすぎぬ。――そして、リンダは、友人でありつづけているのかどうかは俺にはいま、知るすべはないし、レムスについては明らかに友人ではない――そしてまた、アルド・ナリスが友人となりうるかどうかは、この俺が直接この目で確認するまではわからぬ。――カレニア、サラミスのひとびとが皆殺しにされるのを見逃すのかとお前がいうなら、俺は、これまでの歴史のなかで虐殺され、あるいは圧殺されていったすべての者にたいして責任をもつことのできるのは黄金律を生み出す存在だけだと答えるだろう。俺は、キタイからの帰途、カナンの亡霊たる蜃気楼に出会った。それらは、その運命を受け入れてはおらず、納得してもおらなかったが――しかし、かれらが納得していようと受け入れていようと、その運命がおそいかかってくるのを避けることはできなかっただろう。――そしてかれらのうらみは俺が支配しているとされたノスフェラスにいまだ残り、そしてかれらはそのカナンのうらみを、俺に知ってほしいとねがってその蜃気楼をあらわしたのだ。――俺はそれを見た、きいた、感じた。それを、吟遊詩人ならばあるいはサーガにあらわすかもしれぬし、神ならばそれを救い上げて天上に永遠のやすらぎの座を与え得るかもしれぬ。だが俺は神でもなければ吟遊詩人でもない——俺にできるのはただ、聞いてやり、知ってやり、見てやり——そして『俺は聞いた』『俺は知った』『俺は見た』とかれらに告げる、それだけだ。だが、おそらくそれで納得したのだろう、かれらは去っていった——だがまた、そのうらみや哀しみ、未練、苦しみをこの世のすべての人間に知ってもらったからといって、人間のそうした不条理へのうらみや哀しみ、未練がむくわれるとは俺は思ったこともない。ひとは、ひとであるかぎりにおいて不条理のなかに生きてゆかねばならぬものなのだ。そしてまして、俺はこのような、おのれ自身が不条理を体現させせられているような宿命を背負っている。……どうして、俺が、ひとの宿命、運命に干渉し、それをかえることを、やみくもにおのれに許すはずがあろうか。——俺は、もしもパロが暗黒帝国になろうと、レムスがおのれのその所行のために暗殺されようと、あるいはそこに長く暗黒王朝のいしずえが築かれようと——それがパロのひとつの運命というものだろうと答えるだけだ。ましてや、カレニア政府については——かれらはそうしたことすべてを知っての上で立った。アルド・ナリスはきわめて明敏な男ときいている。彼は、おのれがそうして追いつめられ、あぶり出させられ、降伏させられ、もしそれによって中原とこの世界がまことに危機に立つのだと知れば、おのれのいのちを断ってでも古代機械の秘密を守るくらいの気概は持ったパロの王子なのではないのか。俺はそう思うぞ」

4

「………」

かなり、長いあいだ——

まるで、手にとれるほどに濃く重たすぎる沈黙が室のなかに流れていた。

ヤンダル・ゾッグは、じっと、なんとこたえたものかと考えあぐねるようすであった。その目はもはや凶々しく赤く燃えてはおらず、ただ、かわりに深い大宇宙の闇のような黒をしだいに取り戻してきていた。

グインは身じろぎもしなかった。ひたすら、彼はそのあいてを見据えたまま待っていた。ほかのものは誰もおらぬ室のなかに、おそろしく重い時間がのろのろと流れすぎてゆき、時の砂の落ちてゆく音さえもきこえるようだ。誰も、この室のドアを叩くものもなく——いったいどのくらいの時が流れたのかも、かれらにもわからなかった。おそろしく長い時間のようでもあれば、まだじっさいにはいくらもたっていないようでもあった。

「……グイン──」

どのくらい、時がそうして沈黙のうちに流れたあとだったのだろう。

ふいに、《レムス》は、ゆっくりと目をあげた。

グインは、かすかに目を細めた。

「レムスだな？」

おもむろに、彼はたしかめた。あいては、大きくうなづいた。

「その通りです。──あなたには、どうしてそう、よく見分けがつくのですか？　グイン」

「それは、俺は目で見ているのではなく、お前たちのその魂のかたちを感じてそれにむかって話しているからだ」

グインは答えた。そして、こわばったからだをわずかに動かしてのばした。

「きゃつは、いってしまったのか。ヤンダル・ゾッグは、行ってしまったのだな」

「ええ。──《彼》はいってしまった──もっとも、いまのところは、というだけの話ではありますが……」

「では、お前は、きゃつがいるあいだ、意識はあるのだな？　おのれが、ヤンダル・ゾッグにのっとられ、傀儡としてそのからだを使用されている、ということをわかってはいるのか？」

「わかりません」

レムスは——いまはすでに、それがレムスであることは明確であった。顔つきから、目の色、すべてが、室に入ってきたときのうら若いパロ王その人、それ以外のなにものでもなかった。

「それは、そのあいだは何の意識もないんですから……カル＝モルのときには、さいごにわかるようになりました……最初は彼は夢のなかでぼくに接してきた。それから、ぼくは目ざめたまま、カル＝モルが立ち上がってくる気配がわかるようになり、そして彼と戦った——たぶん、ぼくは勝ったのだと思います……だが、いつから、そのヤンダル・ゾッグがぼくのなかに入ってきて、そうやってぼくを傀儡として使っているのか、などということはぼくにはわからない。ただ、目がさめたときにまったく何の記憶もなかったり——それをはたの者からきかされて、おのれがいったい何に動かされているのかと驚くことはよくあったのですから……でも、それで、面白い話がありましてね、グイン」

レムスはかすかに皮肉そうにわらった。いったんヤンダル・ゾッグがあらわれて、そして消滅したせいか、レムスの表情は、むしろその前よりずっと楽そうになり、同時にひどく皮肉そうに、そしてものうそうにもなっていた。

「いちど、ヤンダル・ゾッグがぼくの目をさましているときにあらわれたのです——そして、ぼくに、話してくれました。おのれが何者であり、なぜぼくをえらび、傀儡として何をさせようとしているかということを……むろん、最初はぼくはただ驚くばかりで、どう考えてよいかもまったくわからなかったのですが――そうだなあ、なんといったらいいんだろう。これはカル＝モルのような《憑依》とはたぶんわけが違うんだと思います。ぼくはときたま意識を完全に失っていることがあるし、それで気がつくと、いろいろなことが変わっていたりする。だから、そのあいだにたぶんヤンダルがぼくを傀儡としていろいろと使っているんだと思いますけれど――でも、一方では……ヤンダルはそれほど、ぼくなどを傀儡に使う必要もないんですよ……あの人は、自分の魔道でなにものにでもおのれを見せかけられるし、それに、そもそも……ぼくにもよくわからないのですが、ヤンダルの本体というのはじっさいにはキタイにそのまま居続けているみたいなのですね」

「ほう」

「ヤンダルというのは……これも、ぼくにはよくわかりませんが――一人ではないのだ、というようなことを、かれがぼくにいったことがある。――というか、おのれは、ある種族の遺伝記憶や残存する意志、種族としての自我の集合体なのである、というようなことを。――おお、そうだ……だから、かれの本当の本体というのは、キタイにもいないのかもしれない。キタイにあるかれ自身のすがたかたちというのも、やはり、なんら

かの対象にとりついてそのときそのとき、かれが動かしている状態にすぎなくて……というのは、そのシーアンが完成するまでは、かれの種族はこの世界では完全に適応しては生きてゆくことができないようなのです」

「ふむ」

「それはあまりにもここと異なる世界で――時の流れもちろもろの科学的な法則もなにもかも異なっているので……それでもヤンダルは、混血――といったらいいんでしょうか、もともとの種族のさまざまな構成因子を、この世界の生物を使ってこの世界に適応できるように宿主とした、そういう存在なのだそうです……ぼくにもよくわかりませんが。だから、シーアンが完成すれば、ヤンダルに象徴される、ヤンダルの種族の全員が、シーアンに入ってきて――シーアンそれ自体になるのだとヤンダルはいっていました――それが具体的にはどういうことなのかはぼくには全然わからないんだけれども……」

「何だと」

グインはいくぶん声をつよめた。

「ヤ、い、い、ヤンダルの種族全員が、シ、シーアンに入ってきてシーアンそれ自体になる……だと？」

「ええ……だから、ぼくにはよくわからないけれど……かれらは、もともと、この地上には、なんらかの外的な設備のなかに守られていなくては存在できない――あの竜のすがたも、あれは本当のかれらのすがたではなく――ただあの生物が、もっとも強力にこの世界の環境から内部を守ることができるかたちをとっているゆえに、かれらが選んで、さらに作り替えて――何世代も交配をかさねて、もっとも安全度の高いものを作り上げた、とヤンダルはいっていましたが……でも、それと竜の騎士たちはまったく違うといっていました。竜の騎士は、あれはもともとが、ヤンダルの魔道によって作り出されたもので――本来はただの人間なのだと。――われわれのなかにも、いろいろな変身の可能性がひそんでいるんですってね。グイン――ヤンダルは、ぼくの宮廷の者たちをみんな、ぶきみな怪物にかえてしまったのですが、ヤンダルにいわせれば、それはなにもヤンダルの魔法ではなく、かれらの精神が持っている本来のかたちが表面化するよう、精神に魔道ではたらきかけただけなのだそうです」

「お前は、そのようにしてきゃつといろいろと話をして――それで、きゃつに支配され、操られていることについてはどう思っているのだ？」

　グインはきびしく追及した。

「お前はパロの聖王だ。それがそのようにして、キタイの遠隔操作を受けることについて、反発はないのか。それとも、すでにあるていどはきゃつの魔道によって脳がおかされ支配されてしまっているということなのか」

「もしそうだとしても、ぼくがあなたにそれをそうだというわけはないでしょうに」

レムスは意地悪そうに嘲笑った。

「むしろそうだとしたらぼくは、そうではないといって、あなたをなんとかしてだまそうとするのじゃないですか？——ぼくは、でも……カル＝モルの憑依には勝利したと思っていますし……ヤンダルについては、まだよくわからない、なにしろたいていのことはぼくの意識がまったくないときにおこるのだから——ただ、こういっては変なんですが、ヤンダルがぼくのなかに入り、ぼくのからだを使うと——ヤンダルが出ていってからも、多少かれの影響というか、かれの波動、かれのパワーみたいなものがぼくのなかに残るようなのですね。そのせいでたぶん、ぼくはしだいにおのれ自身を維持していられるだけのおのれの強さを持つようになってゆけたんじゃないのかな。——おかしなことですけどね。だもので、ある意味ヤンダルには感謝しなくてはいけないかとさえ思うんですよ。だって、ぼくはそれまで、まったく何ひとつ強さというものも、おのれ自身の力も武器ももっていない、なさけないひよっこの名のみの国王にすぎなかった。——たとえ怨霊に憑依されたのであろうが、キタイ王の傀儡にされたのであろうが——それによって、ぼくが多少のつよさを持つことができるようになり——それで、パロをおさめてゆくことが多少なりとも楽になったのだとしたら、それはみなこの妙ちきりんな運命のせいですもんね。そうは思いませんか、グイン」

「俺は、そうは思わんようだな、すまぬがな」

グインは仏頂面で答えた。

「俺にとっては、おのれがおのれ自身であること、というのはつねにもっとも重大なことに思えているし、それを、ほかのものに憑依されたり、傀儡としてあやつられたり、ということそのものが我慢ならぬ。本能的に耐えられぬ、とでもいったらいいか」

「おや、でも、ヤンダルはあなたがより高次の存在により、この地上を調整すべくさしむけられてきた調整者ではないのかと考えているようじゃありませんか。グラチウスもそう思っているようだけれど」

「だからこそなおのことだ」

グインはむっつりといった。

「俺にとっては、だからこそいっそう、よけいなこと、調整者気取りで中原の守護者たらんとするようなことはひどく危険に思われてならぬのだ。だからこそ俺はあくまでもおのれのもっとも確実に信じられる立場——それがケイロニア王としてであり、ケイロニアに剣を捧げた戦士としてのものであるわけだが——に徹したい。ときにおのれが、おのれの思ったようでなく行動したり、明らかに、どうして俺はこんなことを知っているのだろうとか、いったいいつ俺はこのようなことを理解したのだろうとか——なぜ、俺にはこんな力があるのだろうといぶかしく思うことがあるからこそ、なおのことだ。それがつねに正義の名のもとに行われているものであるとなぜ断言できる。——その調整者なるものが存在したとしても、それもまた、ただわれら地上にあるおろかな者たちからは見えぬ高みから見下ろしている、というだけのことにしかすぎぬかもしれん。その者たちであれ神と呼ばれる者であれ、あやまちをせぬわけでもなければ——より高次のところから見ればまたしても、つまるところただちょっとわれわれよりも上にいるというだけの同じような存在でしかないという保証はない。そう思うと、俺はいつも、おのれのすることなすことが正しいという確信をもつことはおそろしくて出来なくなる。俺は長いこと、おのれのふりおろす剣がもしやして、おのれの同胞を切っているのではないかという恐怖にとらわれていた。ようやく、それを脱して、いまの俺は、ただおのれに確信できることだけをおこなおうという思いにつらぬかれている」

「慎重、というのとも微妙に違うし」

レムスは肩をすくめた。

「臆病——といってもいい気もするけれども、わからないわけでもない。——でもね、グイン、ともかく、キタイ王については、これで本当にひきあげたとはぼくは思えませんけれども……それとは別に、それなら、何かの条件をもうけて下されば——そう、こんどのことだけじゃなくてもいいんです。ぼくは、パロの王として……ちゃんと、国民にも世界にも認められるようになりたい。ぼくのことをみながヤンダルの傀儡だ、あやつり人形だという。でもぼくはそうじゃない。これは、あなたならわかってくれるかもしれませんが——ぼくはそうじゃない、ない、ないんです。確かにヤンダルはぼくのからだを使う、そしてぼくを通してパロ宮廷をさんざんに改造し、戦況もおのれの思うとおりに動かし、ぼくはそれをどうすることもできない。でも、ぼくは、キタイ王の傀儡じゃないんですよ。意識を失うとあやつられはするけれども、でも意識をとりもどしたときのぼくはキタイ王のあやつり人形なわけじゃない。ぼくにはぼくの意識があり、考えがあり——といって、助けを求めているわけではない、それもおわかりになるでしょうけれど。ぼくはおそらくかれの力がなかったら、いまごろとっくにナリスにほろぼされているんですから。その意味ではぼくだってかれを利用している。そのていどには、ぼくだって強いというわけです」

「ふむ……」

「そう、だから——ぼくは、いまとてもケイロニアのうしろだてが欲しい。これはもう、ナリスだってそうなんでしょうが、のどから手が出るほどケイロニアの力が欲しい。ケイロニアだけが、この中原で安定した力をもち、それは他のどの国が総力でかかっていっても、よしんばほかの国がみな団結してかかっていってもかんたんに勝利を得られるほどのものだ。それほどに、中原のなかでケイロニアと、ケイロニア以外の国の国力も国情も差がありすぎる。だからこそ、ケイロニアが動けば誰もが目の色をかえる。——ぼくにとっては、魔道師たちがグイン、あなたを欲しがるのと同じくらい、ケイロニアという国が——うしろだてが欲しいんです。そのためならなんでもするし、どんな妥協でもする。ヤンダルについては……キタイ王が手をひき、中原から撤退する、というのは……もう、あなたはわかって下さったと思うけれど、それはぼくの権限じゃない。それはヤンダルの決めることで……ぼくが出てゆけといったってかれはそんなものききやしない。いずれは、ぼくが利用価値がなくなるか、情勢がかわればここから出ていってくれるかもしれないが——それまでは、ぼくにはどうすることもできない。だが、だから、それ以外の条件では、駄目なんですか？　ケイロニアが、せめてカレニアにつかないでくれる——あるいは、クリスタル政府と同盟を結んでくれるために、どんな条件があればいいんです？」

「条件か」

グインは、口をつぐんだ。

それから、ややあって、云った。

「お前はいまは確かにきわめて率直に語っているのが感じられる——それに、おかしなことだ。キタイの竜王の気配がきれいに消えた。これまでずっと、シュク以来、俺の前にいたはずのキタイ王の気配が、いまはまったく感じられぬ。あるいは遠くにしりぞいてようすを見ていて、いつなりとまた戻ってこようという腹なのかもしれぬがな。まあそれはよい——それは、それで、俺にはさらにいろいろなことを教えてくれるし——なるほど、お前もなかなか難儀なところにはまりこんでいるようだな」

「あなたの思っておられる以上にね、グイン。ことに、アモン」

レムスのやせたおもてが、いくぶんこわばった。

「あの子供は……ぼくは、恐ろしくてたまらない。ヤンダルが、ぼくを使ってアルミナに生ませたあの化物が、ぼくは恐ろしくて、怖くて、たまらないんです。あいつはたぶんアルミナを食い殺してしまう――いまもうそうなりかけているし――それをぼくはどうすることもできない……だが、それをそのままにして宮廷にはびこらせておいたら、いまにぼくも――そう、宮廷のさまざまな貴族たち、貴婦人たちを食い殺したあと、こんどはたぶんきゃつはぼくを食い殺すだろうという気がするんです」

「それはまた、おそろしく異な話をきくものだな」

グインは興味深そうにいった。

「そやつは、お前の子なのだろう。――お前はいったい、何を生ませたのだ」

「怪物を」

短く、レムスは答えた。

「あんなものはぼくの子供だなんて思ったこともない。かつてのぼくだったらぼくのいとしい妻がこのようなおそろしいできごとであんなになってしまったので、胸が張り裂けてしまうかもしれない――いまのぼくはたぶん、半分以上、からだのなかをヤンダルのパワーが作り替えているんでしょう。それほど悲しいとも感じないし、なんだかすべてが愚かしくて——そうやって食われてしまうようなやつは所詮それだけの虫けらでしかないんだとも思うので——でも、ぼく自身も食われてしまうのは困るな。でもあの子供はいまにあの美しかったクリスタル・パレス全体を、おそろしい魔界にかえてしまうんでしょうね。そして、魔物たち以外、誰もそこに入れなくなるんです。……うわさにきくキタイの宮廷の縮小版みたいに。でもぼくにはどうしようもない」

「………」

「助けてくれ、といってるのじゃありませんよ。ぼくはもう、二度ともとのぼくになりたくなんかないんですから」

一瞬、奇妙なほどの激しさをこめて、レムスは言い切った。

「そう、それだけはまっぴらごめんだ。二度ともとのあのおぞましい、冴えない、げんなりするような存在になんか戻りたくない。戻ってたまるものか——誰にもばかにされ、何の力ももたず、国王でありながら誰にもかろんじられ、無視されていた、あの気の毒なさけない虫けら！——あのころのことを思うとぼくはあのころのぼくのために大声で泣きたくなったり、あのころのぼくをいじめたやつらをすべて皆殺しにしてやりたくなったり、あのころのぼくそのものを嫌いで嫌いでたまらないので、そのままこの足で踏みにじって殺してやりたいような気さえしますよ。そう、何があろうと、ぼくはあのころのぼくよりいまのこのぼくのほうがどれほどましかと思いますね！　たとえ、ひとはなんといおうと。むしろ、ひとがこんなにぼくをおそれるようになったということ自体が、ぼくにとってはたまらないくらい気持のいいことなんだしね！」

「そうやって、お前は、悪魔に魂を売り渡したというわけだな。——しかも承知の上でだ。そう、まさしく、俺はそれを知りたかったのだ」

静かに、グインはいった。

「いま、ようやく知りたかったことはすべてわかった。やはり、そうだったのだな。お前は、ヤンダルのいうとおり、かつての自分自身、かよわく、姉のかげで姉は光、お前は影といわれていたおのれ自身へのうとましさという落とし穴に落ちて、東方からきた悪魔と契約を結んだのだな、いってみればな。そして、お前は、それがもしかしたらお前の祖国に何をもたらすかもうすうす知りながら、おのれがはじめて得た力に固執しているというわけなのだな」

「そういう言い方もあるかもしれないけれど——」

レムスは反抗的に笑った。

「でもグイン。そのおかげで、ぼくはカル＝モルの憑依からも生き延び、ヤンダルにさえぼくの存在を認めさせるようになれた。そのおかげでぼくはこうして生きているんですよ。ぼくが昔のままのかよわい、小鳥のようにひよわな心をもつ子供のままだったら、とっくに——何回ぼくの胸は張り裂け、何回発狂し、何回自殺していたかわかりゃしない。あなたたち、最初からなんでもできる、大きな力をもった、したたかで力強い人たちにはわかりませんよ……ぼくは悪魔に魂を売ってであろうとなんであろうと、こうしなくては生き延びられなかったんです。たとえヤンダルに利用されているのだろうと、なんだろうとね。——あの宮廷のやつらに関しては、かなり……いい気味だと思ってもいますよ。まあ確かにあまりいい気分のする場所とはいえなくなってしまったなと思いますけれど、もともとが、ぼくにとっては、イヤな追憶ばかりのクリスタル宮廷だったし——そして、ぼくをばかにしたり、いじめたり、かげでさんざん罵ったりしていたやつらが、みんな豚《ゴロン》だのトルクだの象《エルハン》だののなさけないかぎりの本性をあらわしてしまってブーブー鳴いてるのをみると、なんとも腹をかかえてわらってやりたくなりますからね——本当に。見ろ、お前たちの本性なんてこんなものだったんじゃないかとね。……じっさい、人間なんてこのように醜いものだったのかと、大声で笑ってやるほかはない。あんなにぼくをいじめて、ばかにして、悪口をいっていたのに、いまはもう、ぼくに足蹴にされるほかはないんだと思うと、なんともいい気分ですからね」

「——お前は、本当に変わってしまったのだな、レムス」

ふしぎな感慨をこめて、グインはいった。

その口調はしかし、彼がシュクでさいしょにレムスと再会していらい、はじめてというほどの、かつてのレムスとのかかわりを直接思い出させるような親しみと哀しみに似たものをひそめていた。レムスは肩をすくめた。

「ひととは、かわるものですよ——それにぼくは、変わることでこうして生き延びたんです。それがあなたのお気に召そうと、召すまいとね。あなたのお気に召して、それでぼく自身があの不幸な暗いつらい日々を生きていたところで、あなたがそれをどうかしてくれるってわけじゃない。そうでしょう」

「………レムス」

ふいに、グインは、やや黙っていたのちに、おそろしくはっきりとした声でいった。

「え」

「ひとつ、頼みがあるのだが、きいてもらうわけにはゆかんか」

「何ですって」

レムスの目がきらめいた。

「もちろん、あなたの頼みとあらば。——さっきの条件の話をお忘れになったんですか？　何ですか、そのお頼みというのは？」

「誤解せんでほしいのだが、これはその、お前の言い出した条件とはまったくかかわりがない。だから、頼みといったのだ。これはその条件の話とはまったく別の話だ。それが承知でなければ、むろんこれは俺の思いついたことにすぎぬのだから、俺はひっこめる」

「何なんですか？　水くさいことを！」

レムスは面白そうに叫んだ。その目がいくぶん、若々しい面白そうな光を浮かべはじめていた。

「とにかく云って見て下さいよ、云って見て下さいよ！　あなたがぼくに、いったい何をお頼みになるというんですか、ケイロニアの豹頭王陛下！」

「ほかでもない」

グインは静かに云った。

「お前はリンダを人質にとっているといっていたな。リンダに会わせてほしいのだ——そして、また、その——お前があまり気持のよくない場所になっているという、そのクリスタル・パレスのなかに——俺を入れてほしい。お前の本拠地をこの目で見たいのだ」

「………」

レムスは、ひどく意外なことをいわれたように、しばらく黙り込んでいた。

それから、ゆっくりと色のわるいくちびるをなめまわし、それから口をひらいた。

「それは、本気じゃないんでしょう？」

「いや、本気だ」

「だって……ヤンダル・ゾッグが作り上げた魔宮なんですよ、いまのクリスタル・パレスは。──もしもあなたがそこに入ったらどれほどヤンダルが喜ぶか──二度と、もとのあなたのままでは、外に出てこられやしませんよ。それはわかっているんでしょうね──自ら炎にとびこむチーチーだと、誰もがいいますよ」

「それも、承知の上だ。かまわぬ──俺はかつてキタイの鬼面の塔からも脱出してきたし──どのようなところからも、そうしようと思えば無傷で脱出してきた。おのれの行動の責任はおのれでとる。俺は、いまのクリスタル・パレスをこの目で確かめてみたいのだ」

「………」

また、レムスは黙った。

それから、ゆっくりとずるそうに目をあげた。その目のなかに、何かおそろしく不快な、ぞっとするような悪意のきらめきがあった。かすかにどこかでヤンダル・ゾッグの哄笑さえもひびきわたるかのようだった。

「よろしいですとも。ケイロニアの豹頭王陛下」

レムスは薄笑いしながら云った。

「願ってもないどころか……涙を流して歓迎したいくらいですよ。いますぐ、いらっしゃいますか？　それとも何か、魔除けの支度でもととのえてからいらっしゃいますか？

何でもかまいませんよ——クリスタル・パレスは、ケイロニア王をあげて大歓迎しますとも——二度とお帰りになりたくなくなるくらいにね！」

あとがき

大変お待たせいたしました。「グイン・サーガ」第八十一巻「魔界の刻印」をお届けいたします。

と元気に云いたいところなのですが——そうでなくても、八十巻のあとがきがこれまでと多少タッチが異なっていたせいか、「なんか元気がないみたいなので」「いろいろあると思うけど気にしないで頑張って」等々いろいろとはげましのメールなども頂戴してしまい、「やっぱりあとがきでは元気でなくてはいけないな」と反省したばかりではあるのですが、今回ばかりはちょっとタイミングが悪かったようです。というのも、実はきのうまさに、通信環境にメインで使っていたウィンドウズマシンがぶっとんじゃったばかりなんですね。さいわいにして私は用意がいいので（笑）小説は小説で完全に別にしてあり、万が一にもマシンがウィルスなどにやられることのないように、バックアップも非常にきちんととってるし、まあいまなにしろウィンドウズだけで三台並べてる環境なので、一台ぶっとんだといって壊滅的打撃は受けないように気をつけてあります。もともと考えてみると私はわりとそういう壊滅的打撃に対してそなえのいい人で（苦笑）「スペアをとっとく」癖というのがあり、なんでも予備を買っておくのが好きなんですね。ひとつ予備があると安心する、というタイプで——ほんとうは子供ももうひとりかふたり欲しかったんですが（笑）これは、何人いても結局のところ「予備にはならないな」ということがわかって、おとなしくなったみたいです。しかしそれこそ、予備をとっておけるもの、バックアップしておけるものってのは確実にしてあるので、いまさに書きかけの小説のほかは、必ず書き上がったものはバックアップのフロッピーがあり、最近はさらにＣＤ－ＲＯＭに焼きこむようになり、さらにまた旦那のパソコンにテキストファイルで送り込んであり、さらに事務所にバイナリーで送って、それが事務所から出版社にいって保存される——と、これはどうも、グインの一番最初のころ、手書きで書いていたときに、生原稿を出版社に「用済み」ということで全部捨てられてしまっていたことを知ったときのすごいショックが尾をひいている部分があるのかもしれませんね。自分の字の文章になんか、汚い字だしそれほど未練はないし、そんなもの、古本屋で出まわったりしたら末代までの恥だと思うので、そういう未練は全然ないんですが、自分のもと原稿がそれほどあっさり捨てられていた、ということになんかものすごく抵抗があったんですね。それ以来、生原稿は渡さず、コピーをとってそっちを渡すようになったし、バックアップのほうも、絶対に「これひとつしかない状況」というのは作らないようになりました。

特に旦那のパソコンに送ってあるというのはかなり強烈で、今回もそのおかげで、まるまる一本小説を助かった、それしてなかったら、まる一本まったく小説を失ってしまうところだったので、あとから考えるとすごい冷や汗をかいてしまいますが、でもまあほんとに送っておいてよかったなという——それは、そのぶっとんだ570っていうパソコンの内部にはバックアップあったんだけど、外には出してなかったので、ほんとに旦那に先に送っておいたのは天の助けでした。まあ、ヤオイですけどね。でも、七百枚の長篇をまったくなくしてしまったら相当そのショックはでかかったと思います。前に、これははるかその昔に書いた、子供のころに書いていた習作だからまあしかたはなかったんだけど、ひとが読みたいというのであずけたらそのままタクシーのなかで置き忘れられてなくしてしまったことがあって、あの痛手からはいまだにどこかしら回復してないですからね。そういうことがいろいろあったので、いっそうバックアップには神経質になっているんだと思います。

まあでも、そういうわけで、三台のパソコン（これはメインで動いているもの、ってことで、私の部屋にはいま、ほかにMACが一台、エプソンでいまは使ってないけど前のフロッピーを読むためにおいてあるのが二台、全部で六台あるなあ（爆））のうち、一台がシステムがぶっとんでも、なんとか壊滅は避けられたってわけですが、これは結局OSがいっちゃったので、ついでにOSをバージョンアップして、なんとかさらによい環境を作って復活できるよう目指してるわけなんですが。にしても、そういう状況下で、それにもってきてあしたはリハ、あさってからいよいよ福岡と京都へと、ライブ巡業の旅（笑）に出て十一日まで帰ってこないのに、十二日にもう台本をキャストさんに渡さなくてはいけない、なんぼなんでもいつ書くと思ってるんだ、という状況が重なっているところへ、そうなってるから、これはもう苛酷というか、元気が出るほうが不思議というもんで——そこにもってきて、ウィンドウズってやつはけっこう、遠慮会釈もなしに強制終了してくれちゃいますからねえ。あれもまたけっこう神経をさかなでするというかがっくりくるので——ともかく、そういってもいられないので、なんとかきょうあすでこまごまとした用件を全部片づけて、それで心おきなく福岡京都へ出かけられるようにならなくてはと思っているんですけどね。ま、このあとがきも、そのこまごまとした用件その一っていうところなんですが。

ただ最近の私のほうは、そういう昨日今日の事情は別にするとすごい、絶好調といってもいいくらいの好調、のぼり調子の波にのってるとは思うので、まあ、そういうときほど、好事魔多しってのはこのことかなと思うようなきのうのクラッシュでしたが、音楽も、舞台も、小説もなんかめちゃくちゃ調子よくて自分でも「すごいなあ」と思います。この作家は終わったとかなんとかいってる人がいて、サイトで怒ってたりしましたが、ああいうこと、こう自分の調子があがってくると、どうでもいいですね、ほんとにささいなことだと思う。ピアノをひけばまったくこれまでになかった世界が開けてきて、そういうときってほんとにあとからあとから「こんどはここにきてくれ」とか「うちでもやってくれ」って話が持ち込まれて、またやることなすこと、気持よくいい舞台が出来る、いい演奏ができる、新しいひとと巡り会う、この出会いはきっといまにすごい実を結ぶんだろうなと思う――小説の新しいアイディアが、そんなタルい言い方は本当はしたくないですね、すごい勢いで光りの泉みたいなものがわいてくる、脚本もどんどん書けてしまう、まあ、「単に躁鬱の周期なんじゃないか」と意地悪の人に云われてしまうとそれまでかもしれませんが、北杜夫さんの躁病みたいに、そうなると株でたくさんお金使ってしまう、なんてんじゃなくて、躁病になったらどんどんいい曲だの小説だのが生まれてくるのなら、躁病大歓迎ってものです。もっとも私はじっさいには多重人格のほうなので、躁病ではないですけどね。むしろ、「躁のない鬱病気質」なので、そういう時期でも調子にのってすっごい気分が浮き立つ、ってことはなく、またすごい打たれづよくなるってこともなくてクラッシュすればちゃんとがっくりへこみますけどね。でもま、いまはピアノがすごくいい感じなので――人生のこの時期にきて、これだけ音楽と仲良くなれるなんて、すごいや！、という感じです。作家の余技がどうとか、ちゃんと本業の小説をどうとか、そういうことじゃなくて、なんといえばわかってもらえるのかなあ、私自身の表現というものが、ぐいとひろがって、そのなかに音楽までも包み込んでしまって、音楽というのが、文章と同じだけの重みを持つ表現形式になっていったという、まあ、いいです。口でいくらいってもしょうがないんで、ご縁のあるかたには、いつかとにかくいっぺんだけ私のライブを見てもらえれば、それで全部わかってもらえると思います。ごくごくまれに、二つの表現方法というものを、同時に許される人間もいるのかもしれないな、と思います。何よりも嬉しいのって、小説は私にとってはあくまでひとりごと、内部で、私ひとりがやっていることで、読む人はまったく関係ない孤立した作業にすぎないのですが、それで本当は一切外界とかかわりのないままだったかもしれない私にとって音楽というかたちの、《外》とコンタクトを直接にできる《肉声》が出来た、ということです。口のきけなかった人間が口がきけるようになったようなな——うーん、なんとなく「どろろ」の百鬼丸みたいな気がするんですけどね、手塚治虫さんの。ひとつの妖怪をやっつけると、口が出来て、声が出るようになる——ひとつやっつけると目ができて見えるようになる。あれはすごい話でしたね。でもそれで、小説のほうにどういう影響が出るかというと、なんかものすごく、狭かった世界がひろがりをもつようになり、さらに強烈な《本当》の世界、《本当》の人間に近づこうとしつつある、という気がしています。これもこれですごいことだと思う——「グイン・サーガ」しか読まない、それしか興味ない、それも当人の自由だから無理にとは言わないんですが、もしちょっとでも私に興味をもってくれたのなら、ほかのひろがり、ほかの世界も見てくれたら全然違う風景が見えるのにと思うんですよね。むろんこれもまた、ご縁あってのことですから、強制する気なんかさらさらありませんが。ただ、前とちがって、「ほら、こんなすごい風景が見える場所もあるのに、どうしてこないんだ？」っていうような気分、といったらいいのかな。もう、それもどうでもいいんですけど。

書いてるうちに少し元気になってきた気がします——音楽にふれてるのが、いまは一番元気が出ますね。舞台のほうは、十五年目に入って、ちょっとスタンス建て直しって感じですけど、これもそのうち、音楽と同じところまではぜひともあがりたいなと思っています。なんたって、そうしたらもう、何も怖いものなしって感じがするものなあ。それは現実の世界でっていう意味じゃなくて——表現者として、必要な表現方法をすべて身につけた、ということですけどね。すごい思い上がった言い方だと思われるでしょうが——結局のところそれは「自分に必要な」という意味なんですから、どこがその地点かは当人にしかわからないんだと思います。

ということで、読者プレゼントは以下の三名様です。細谷直人様、江村弘子様、大木弥子様……。

いよいよグインも八十代に入ってきました——っていうとグインが八十歳になったみ

たいですがそうではなくて――そういえばあとがきだというのに全然グインの話をしなかったのですが、もう「とにかく読んでいただくのが一番いい」と私としては思っています。最近になって本当はもうあとがきはいらないんじゃないか、必要ないんじゃないか、ただ、本文を読んでいただいて、自分の感じたとおりに感じてさえいただければいいんじゃないか、と思えてきたんですけれどね。サイトで毎日思ったことをいってるからかもしれませんが。でもまあ、サイトにきて下さる人数がグインの部数を上回るまでにはまだ相当時間がかかる、というか、そこまでインターネットが当然のごとく普及することは、ありえないのかもしれませんから、当分あとがきはやめませんけれども。ともあれ、まもなく八十五巻、そしてその次にはいよいよ九十巻がやってくるわけです。節目が続くことを意識において、このさきを書き続けてゆこうと思います。

二〇〇一年九月七日（金）

神楽坂倶楽部 URL
http://homepage 2 .nifty.com/kaguraclub/

天狼星通信オンライン URL
http://member.nifty.ne.jp/tenro_tomokai/

天狼叢書の通販などを含む天狼プロダクションの最新情報は、天狼通信オンラインでご案内しています。

これらの情報を郵送でご希望のかたは、長型 4 号封筒に返送先をご記入のうえ80円切手を貼った返信用封筒を同封して、お問い合わせください。（受付締切等はございません）

〒 162-0805 東京都新宿区矢来町 109　神楽坂ローズビル 3 F
（株）天狼プロダクション情報案内グイン・サーガ 81 係

栗本薫の作品

心《しん》中《じゅう》天《てんの》浦《うら》島《しま》

テオは17歳、アリスは5歳。異様な状況がもたらす悲恋の物語を描いた表題作他六篇収録

セイレーン

歌と美貌で人々を狂気に駆りたてる歌手。未来へと続く魔女伝説を描く表題作他一篇収録

滅びの風

平和で幸福な生活。そこにいつのまにか忍びよる「静かな滅び」を描く表題作他四篇収録

さらしなにっき

他愛ない想い出話だったはずが……少年時代の記憶に潜む恐怖を描いた表題作他七篇収録

栗本薫の作品

ゲルニカ1984年

「戦争はもうはじまっている!」おそるべき感性で、隠された恐怖を描き出した問題長篇

レダ〔I〕

ファー・イースト30。すべての人間が尊重される理想社会で、少年イヴはレダに出会った

レダ〔II〕

完全であるはずの理想社会のシティ・システムだが、少しずつその矛盾を露呈しはじめる

レダ〔III〕

イヴは自己に目覚め、歩きはじめる。少年の成長と人類のあり方を描いた未来SF問題作

谷　甲州／航空宇宙軍史

惑星CB-8越冬隊

惑星CB-8を救うべく、越冬隊は厳寒の大氷原を行く困難な旅に出る――本格冒険SF

仮装巡洋艦バシリスク

強大な戦力を誇る航空宇宙軍と外惑星反乱軍との熾烈な戦いを描く、人類の壮大な宇宙史

星の墓標

戦闘艦の制御装置に使われた人間やシャチの脳。彼らの怒りは、戦後四十年の今も……。

カリスト―開戦前夜―

二一世紀末、外惑星諸国は軍事同盟を締結した。今こそ独立を賭して地球と戦うべきか？

火星鉄道一九

マーシャン・レイルロード

二一世紀末、外惑星連合はついに地球に宣戦布告した。星雲賞受賞の表題作他全七篇収録

谷　甲州／航空宇宙軍史

エリヌス ―戒厳令―

外惑星連合軍ＳＰＡは、天王星系エリヌスでクーデターを企てる。辺境攻防戦の行方は？

タナトス戦闘団

外惑星連合と地球の緊張高まるなか、連合軍は奇襲作戦のためスパイを月に送りこんだ。

巡洋艦《クルーザー》サラマンダー

外惑星連合が誇る唯一の正規巡洋艦サラマンダーと航空宇宙軍の熾烈な戦い。四篇収録。

最後の戦闘航海

外惑星連合と航空宇宙軍の闘いがついに終結。掃海艇に宇宙機雷処分の命が下されるが……。

終わりなき索敵 上下

第一次外惑星動乱終結から十一年後の異変を描く、航空宇宙軍史を集大成する一大巨篇！

神林長平作品

戦闘妖精・雪風

未知の異星体に対峙する電子偵察機〈雪風〉と深井零中尉の孤独な戦い——星雲賞受賞作

あなたの魂に安らぎあれ

火星を支配するアンドロイド社会で囁かれる終末予言とは!? 記念すべきデビュー長篇。

狐と踊れ

未来社会の奇妙な人間模様を描いたＳＦコンテスト入選作ほか六篇を収録する第一作品集

言葉使い師

言語活動が禁止された無言世界を描く表題作ほか、神林ＳＦの原点ともいえる六篇を収録

七胴落とし

大人になることはテレパシーの喪失を意味した——子供たちの焦燥と不安を描く青春ＳＦ

神林長平作品

完璧な涙

感情のない少年と非情なる殺戮機械との時空を超えた戦い。その果てに待ち受けるのは？

今宵、銀河を杯にして

飲み助コンビが展開する抱腹絶倒の戦闘回避作戦を描く、ユニークきわまりない戦争SF

猶予の月 上下

時間のない世界を舞台に言葉・機械・人間を極限まで追究した、神林SFの集大成的巨篇

Uの世界

夢から覚めてもまた夢、現実はどこにある？果てしない悪夢の迷宮をたどる連作短篇集。

死して咲く花、実のある夢

人類存亡の鍵を握る猫を追って兵士たちは死後の世界へ。高度な死生観を展開する意欲作

神林長平作品

敵は海賊・海賊版

海賊課刑事ラテルとアプロが伝説の宇宙海賊匂冥に挑む！　傑作スペースオペラ第一作。

敵は海賊・猫たちの饗宴

海賊課をクビになったラテルらは、再就職先で仮想現実を現実化する装置に巻き込まれる

敵は海賊・海賊たちの憂鬱

ある政治家の護衛を担当したラテルらであったが、その背後には人知を超えた存在が……

敵は海賊・不敵な休暇

チーフ代理にされたラテルらをしりめに、人間の意識をあやつる特殊捜査官が匂冥に迫る

敵は海賊・海賊課の一日

アプロの六六六回目の誕生日に、不可思議な出来事が次々と……彼は時間を操作できる!?

大原まり子作品

銀河ネットワークで歌を歌ったクジラ

宇宙サーカス団、今回の最大の呼びものは言葉を喋る宇宙クジラだった——全六篇収録。

ハイブリッド・チャイルド

軍を脱走し変形をくりかえしながら逃亡する宇宙戦闘用生体機械を描く幻想的ハードSF

吸血鬼エフェメラ

22世紀初頭、ひそやかに生き続けてきた吸血鬼への一大殺戮に対する彼らの最終手段は？

タイム・リーパー

時間跳躍能力を持つ銀行員をめぐって、時空を超える凄絶な戦いが繰り広げられてゆく！

戦争を演じた神々たち〔全〕

日本SF大賞受賞作とその続篇を再編成して贈る、今世紀、最も美しい創造と破壊の神話

ハヤカワ文庫

梶尾真治傑作短篇集

地球はプレイン・ヨーグルト

味覚を通して話し合う異星人とのコンタクトは？——短篇の名手カジシンの第一作品集。

チョコレート・パフェ浄土

うまい！　チョコパフェの味にとりつかれた男の悲喜劇を描いた表題作他全十篇を収録。

恐竜ラウレンティスの幻視

一億二千万年前、知性珠によって自分たちの種族の未来を見た恐竜は？——全八篇収録。

泣き婆《ばば》伝説

選挙戦中に泣き婆に出会った候補者は、どんなに有力でも落選するという——全八篇収録

ちほう・の・じだい

なにが起こっているのか？　人々がどんどんと正気を失いつつある——全十一篇を収録。

星雲賞受賞作

ダーティペアの大冒険
高千穂 遙

銀河系最強の美少女二人が巻き起こす大活躍
大騒動を描いたビジュアル系スペースオペラ

ダーティペアの大逆転
高千穂 遙

鉱業惑星での事件調査のために派遣されたダーティペアがたどりついた意外な真相とは？

上弦の月を喰べる獅子 上下
夢枕 獏

仏教の宇宙観をもとに進化と宇宙の謎を解き明かした空前絶後の物語。日本ＳＦ大賞受賞。

プリズム
神林長平

社会のすべてを管理する浮遊都市制御体に認識されない少年が一人だけいた。連作短篇集

敵は海賊・Ａ級の敵
神林長平

宇宙キャラバン消滅事件を追うラテルチームの前に、野生化したコンピュータが現われる

マンガ文庫

アズマニア1〜3
吾妻ひでお

エイリアン、不条理、女子高生。ナンセンスな吾妻ワールドが満喫できる強力作品集3冊

時間を我等に
坂田靖子

時間にまつわるエピソードを自在につづった表題作他、不思議なやさしさに満ちた作品集

星食い
坂田靖子

夢から覚めた夢のなかは、星だらけの世界だった！　心温まるファンタジイ・コミック集

闇夜の本1〜3
坂田靖子

夜の闇にまつわる、ファンタジイ、民話、ミステリなど、夢とフシギの豪華作品集全3巻

マイルズ卿ものがたり
坂田靖子

英国貴族のマイルズ卿は世間知らずでお人好し。18世紀の英国を舞台にした連作コメディ

マンガ文庫

樹魔・伝説
水樹和佳子

南極で発見された巨大な植物反応の正体は？人間の絶望と希望を描いたSFコミック5篇

月虹——セレス還元——
水樹和佳子

青年が盲目の少女に囁いた言葉の意味は？変革と滅亡の予兆に満ちた、死と再生の物語

天界の城
佐藤史生

幻の傑作「阿呆船」をはじめとする異世界SF集大成。異形の幻想に彩られた5篇を収録

千の王国百の城
清原なつの

「真珠とり」や、短篇集初収録作品「お買い物」など、哲学的ファンタジー全9篇を収録

マンスリー・プラネット
横山えいじ

マンスリー・プラネット社の美人OLマリ子さんの正体は？　話題の空想科学マンガ登場

ハヤカワ文庫

著者略歴　早稲田大学文学部卒
作家　著書『さらしなにっき』
『あなたとワルツを踊りたい』
『ルアーの角笛』『ヤーンの翼』
（以上早川書房刊）他多数

HM = Hayakawa Mystery
SF = Science Fiction
JA = Japanese Author
NV = Novel
NF = Nonfiction
FT = Fantasy

グイン・サーガ㉛

魔界《まかい》の刻印《こくいん》

〈JA677〉

二〇〇一年十月　十日　印刷
二〇〇一年十月十五日　発行
（定価はカバーに表示してあります）

著者　栗《くり》本《もと》　薫《かおる》
発行者　早川　浩
印刷者　大柴正明
発行所　株式会社　早川書房
郵便番号　一〇一 - 〇〇四六
東京都千代田区神田多町二ノ二
電話　〇三-三二五二-三一一一（大代表）
振替　〇〇一六〇-三-四七七九九
http://www.hayakawa-online.co.jp

乱丁・落丁本は小社制作部宛お送り下さい。
送料小社負担にてお取りかえいたします。

印刷・株式会社亨有堂印刷所　製本・大口製本印刷株式会社

ISBN4-15-030677-X C0193